Geronimo Stilton

奇鼠歷險記 ⑤

仙女歌雅不見了

新雅文化事業有限公司
www.sunya.com.hk

夢想國的伙伴團

「伙伴」這個詞，含義是「分享同一塊麵包的人」，意味是能互相幫助和共同奮鬥的朋友。伙伴的力量，就來自於這裏！

謝利連摩・史提頓

我是《鼠民公報》的經營者，這可是老鼠島最暢銷的報紙哦！在夢想國，我經歷了奇妙的旅行！

公鹿羅博

他是地精國的智者與首領，由於中了女巫斯蒂亞的巫術，變成了一頭全身皮毛雪白的公鹿。多虧謝利連摩的幫助，他又恢復了俊俏的精靈外形。

羅薇

她是羅博的妹妹，性格果敢自信，為了讓王國恢復昔日的平和安寧，她願意付出一切。

愛麗絲

　　銀龍國的公主。她性格果敢堅毅，是個技巧高超的馴龍人！

拉皮斯

　　在學究院聚集了夢想國最著名的科學家們，他是學究院十分權威的領導者。

第一冊

　　他是學究院裏會說話的書。作為一套共有十二冊書的第一冊，他一直夢想着能夠成為一本具有冒險色彩的故事書。

歌雅

　　她是仙女國皇后芙勒迪娜的妹妹，是位生活在陸地上的小仙女，她清脆的歌聲能使植物發芽成長。

目錄

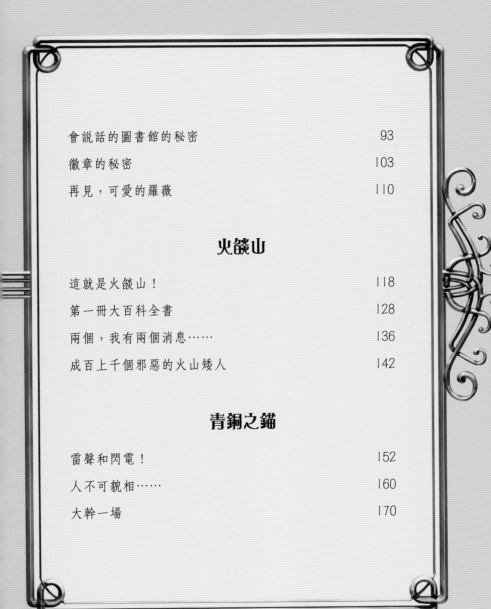

火餤山

青銅之錨

藍色獨角獸之城

陸生國

重返老鼠島

你也想成為
尋找幸福的伙伴團成員嗎？
在這裏貼上你的照片，
寫上你的名字吧！

貼上你的照片。

我的名字是...

一個混亂的早上，
如同其他早上一樣……

這天**早上**，我張着嘴喘着粗氣一路小跑奔進辦公室：不出我所料，我的寫字枱上堆着一摞像柱子一般高的合約，等待我**簽字**，還有像塔一樣高的樣書，等待我**修改**，以及山一樣高的作者手稿，等待我**審閱**……總的來說，等待我的，是和無數個日子一樣忙碌和混亂的早上。

早安，謝利連摩！

早安，謝利連摩！

早安，謝利連摩！

大家早安！

早安，謝利連摩！

9

哦對了，不好意思，我還沒有自我介紹呢！我叫史提頓，**謝利連摩·史提頓**！我經營着《**鼠民公報**》——老鼠島上最有名氣的報紙。我的工作很有意思，但也很**忙碌**……

不管怎麼說，這天早上我一路*小跑*奔進辦公室，和大家愉快地道聲早安後，就把自己鎖在辦公室裏，埋頭工作起來。

這天是星期五，我決心要在中午結束全部工作，這樣我就可以悠閒地享受整個周末了，要知道第二天還是我的生日哦！

突然，我的眼光落在寫字枱上一個**古怪**的信封上。

上面寫着幾個大字：謝利連摩·史提頓收。他鼠勿拆，謝利親啟，嚴格保密，十萬火急！

我立刻拿起信封，呆呆地**注視**着上面的字，自言自語地説：「我是拆開呢，還是不拆開好呢？」

　　直覺告訴我，一旦拆開了這封信，肯定會有什麼**糟糕**的事情降臨在我頭上！

　　我把信攥在手裏，手心裏都攥出了汗。我**翻來**又**覆去**地掂量着，終於下定決心：也許是某個朋友急需要我的幫助，才傳遞這個**消息**給我……

我是拆開呢……　還是不拆開好呢？

？？？

我拆開**神秘**的信封，小心地從裏面取出一張**神秘**的紙，仔細閱讀上面**神秘**的信息……

> 請你明天中午準時到達恐懼山山頂的集合地點，在這張紙的背面，已標出了集合地點的位置圖。
>
> 我會在那兒等你！
> 請務必要遵守時間，我可就指望你了！
>
> PS.我早就在信封上告訴你這封信十萬火急，為什麼你等了這麼久才拆開信封，你這個黃魚腦袋瓜！

　　看來不管這封信是誰寫的，他一定十分了解我，不然，他怎麼會知道我的習慣——做出決定前，總是**猶豫不決**呢？

　　唉，看來我沒有別的選擇，只有明天乖乖地上山，才能揭開這個**謎**了……

我又反覆認真地看了看信紙的背面，上面印着恐懼山**地形圖**，還有用紅筆畫出的登山**路線**，並且在山頂上還打了一個大大的**X**字。

我裝作不在乎地把這封信隨手丟在一旁，繼續我未完成的工作，但我怎麼也沒辦法**集中**精神了：每次我伸手去取合約或者手稿時，我的視線不由地又落在那封信上，我的腦袋裏也一直回想着**信**的內容……

過了一會兒，一絲絲的**疑惑**掠過我的大腦：這也許又是表弟賴皮的惡作劇：他捉弄我的靈感總是像海水般源源不斷，而每次我都像個傻瓜一樣上當！

哼，這次，他可休想再**得逞**了！

我一把抓起電話筒，接通了表弟的電話。

「賴皮，你這個大滑頭，快老實交待：我寫字枱上那封古怪的信，又是你捉弄我的傑作吧？」

電話的另一頭，傳來賴皮那**無辜**的聲音：「我可不想讓你失望，表哥；不過這不是我幹的（如果是我想出來的那太好了！）我現在可沒空搭理你，因為，我正忙着訓練我的**跳蚤**們跳高呢。你有沒有問過愛管閒事鼠呢？」

賴皮說的有道理，我的朋友——愛管閒事鼠也總喜歡和我**開玩笑**。

我連忙又撥通了他的電話。

「**以一千個莫澤雷勒乳酪發誓**，愛管閒事鼠，我寫字枱上那封古怪的信，是你的傑作吧？」

14

他的聲音彷彿從雲端_{傳來}────➤：「以一千根香蕉的名義發誓，你在説什麼呀，謝利連摩我的小老弟？我正在調查案子呢，沒空和你閒聊。你有沒有問過賴皮呢？肯定是他在耍弄你*吧？我去忙了，拜拜！」

看來有一件事我可以**確定**：既不是賴皮幹的，也不是愛管閒事鼠幹的。

也許，也許信上的話並不是一個玩笑！

可究竟是誰，寫了這封**神秘**的信呢？

我決心要解開這個謎：明天中午，我一定要親自赴約！

我甚至來不及處理完手上的工作，就以百米衝刺的速度**跑出**辦公室，我那些吃驚的同事們紛紛試圖攔住我。

「啫喱，這裏有份緊急的**合約**要簽字……」

「啫喱，你忘了馬上就要開會啦！」

「啫喱，這期的**插圖**你還沒批准呢！」

「啫喱，你的新書還沒簽名哦！」

---

*愛管閒事鼠獨特的語言表達方式，意思是：一定是他在和你開玩笑吧？

「**孫子子子子子！**你這麼早就要開溜嗎？作為領導，你本應該第一個到，最後一個走才對啊！你這個**不爭氣的東西！**」

我將那封信牢牢地捂在懷裏，彷彿懷抱着一個橄欖球一樣，在同事組成的方陣中左衝右突，甚至將氣得發紫的坦克鼠爺爺也甩在身後，直到衝出辦公室，我才抱歉地高聲叫道：

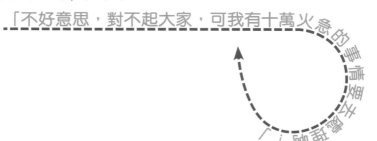

「不好意思，對不起大家，可我有十萬火急的事情要去處理啊！」

還有一支醫治雞眼的藥膏……

我一口氣奔出辦公室，**呼呼地喘着粗氣**來到了大街上。

我在街上不經意地走着，忽然，一個有趣的店名「遠行老鼠必進的商店」，吸引了我的注意力。對了，我正想給自己買雙遠足**襪**呢（我原來的襪子都被**蟲子**啃得不成樣子了，上面還打滿了**補丁**。）

當我的一隻腳剛踏進商店，老闆就張開雙臂，非常熱情地迎了上來。

「**史提頓先生**，見到你可真榮幸！在下有什麼可以為你服務的嗎？」

我告訴他需要買雙新襪子，他連連點着頭，帶着我在**店裏**各處轉悠，向我介紹他所有的商品，執着地勸說我：

「史提頓先生，交給我吧，一切包在我身上，我堅信，這樣的東西對你是**必不可少的**。如果你裝備不足，就輕易地踏上漫漫征途，天知道你是否還能活着回來呢？」

他嚴肅又鄭重地勸説我為**遠足**購買一整套裝備。他那大嗓門震得我耳朵嗡嗡響，我暈乎乎地提着買的大包小包的東西，跟蹌地走出了商店門後，才想起忘了買原本要買的重要東西——襪子！我提着眾多個袋子在街上走，冷不防撞上了一個迎面而來的鼠……**砰！**

大大小小的袋子都滾落在人行道上。我懊惱地趕忙彎下腰去撿，無意中一抬眼，一張可愛的臉龐湊到我鼻子下面：這不是我的侄子班哲文嗎？

　　我不好意思地咕噥着：

　　「對不起，剛才人行道沒看到我，哦不對，是我沒看到人行道……不管怎樣，你沒受傷吧？」

　　「**放心吧，叔叔。我沒事！**不過，你

怎麼樣呀？讓我來幫你吧……」

班哲文熱心地幫我收拾着散落在地上的袋子。

「攀岩繩，指南針，抗蟒蛇血清素，探險帽，補充能量藥，破冰斧，無線電發報機，創可貼……還有一支醫治雞眼的藥膏……治雞眼的藥膏？你要它做什麼？」班哲文好奇地問道。

我尷尬得滿臉通紅：「其實，是老闆建議我買的，他說我要走很遠的路，説不定我的腳會長雞眼……」

班哲文熱切地注視着我説：「我雖然不知道你要去哪兒，可我肯定你一定是要去探險……求求你了，啫喱叔叔，讓我和你一塊兒去吧！」

我耐心地告訴他整個事情的經過，包括那封神秘的信，以及恐懼山上神秘的接頭地點，並再三強調了這次旅程有多麼的危險，可班哲文仍固執得像頭小牛：

「如果這次旅行真的這麼危險，那你更不能獨自去了，叔叔！你不是多次地跟我說，不能獨自在山上旅行嗎？」

班哲文說得也有道理！

我決心帶上我的小侄子。我們回到家，美美地吃着乳酪，隨後開始討論第二天的行程安排。

一個小時（或者說三杯乳酪下肚）後，一切都討論就緒。

我和班哲文約定在第二天的黎明時分見面：等待着我們的，將是一次激動鼠心的漫長的旅程。

趕赴神秘的約會

第二天一早，我興沖沖地去**找**班哲文，他和麗萍姑媽住在老鼠大街第二號。

我的肩上扛着巨大的**背包**，裏面裝滿了昨天為遠足採購的**全部**裝備，誰讓店老闆告訴我這些東西都是旅途中必不可少的呢？我寧可背大包累點兒也**不想冒險**……

哎喲！

還沒走幾步，我就預感自己沒力氣把這麼沉的背包扛到**恐懼山**的山頂：要不就是我被這背包壓扁，要不就是我累得**失去平衡**，嘰里咕嚕地跌到山谷裏摔成鼠肉醬……

我大口喘着氣來到班哲文家，出乎我意料，他已經在門口等我了，肩上背着個**輕便結實**的小背包。

班哲文困惑地望着我巨大的行李，問道：「你是不是東西帶太多了……你能把它扛到山頂嗎？」

我可不想在小侄子面前**丟臉**，只好硬擠出一個笑容，拍着胸脯自信滿滿地說：「放心，班哲文，沒問題！」

我們倆一路疾走來到**火車站**，登上了前往恐懼山的第一班列車。

兩小時後，我們已開始沿着通向山頂的陡峭山路，**向上**攀登了，我很快就明白了：為何這座山被稱為恐懼山。因為它又高又險，四周都是深谷。

耳邊不時傳來動物的**叫聲**，應該說是嚎叫聲

(也許是狼嚎？)大大小小的**石頭**從前方滾下來，嚇得我們的心不住地一陣陣顫抖。

好容易攀登了一會兒，我的膝蓋就因為恐懼和勞累開始**哆嗦**起來。但我為了在班哲文面前保持一貫完美的風度，只好咬緊牙關，繼續硬撐着。

幸好半小時以後，班哲文輕輕地拉拉我的袖子：「我們休息一會兒好嗎？我感覺有點累，謝利叔叔……」

可憑直覺我感到班哲文一點也不累，他這樣說，只是想讓愛面子的我休息一會兒！

不管怎樣，我一屁股坐在地上，拉開背包，從裏面掏出**補充能量**的藥──「鼠力神」，期望這藥能幫助我找回**力量**。我一口氣吞下了兩條鼠力神，又準備吞下第三條……

班哲文趕忙阻止我：「小心呀，叔叔，一條就足夠提供一個禮拜的能量了……」

可太遲了，這時的我已經把第三條吞下了肚子！

幾分鐘以後，我的嘴巴開始**發燙**，胃裏彷彿壓了塊大石頭。

我急忙拉開背包找水壺，可我居然忘帶了水壺！更糟糕的是，班哲文也忘記帶了！

我只好跌跌撞撞地離開大路，向不遠處的小溪走去，突然，我的一隻腳踏了個空，我摔進一個隱蔽的**深淵**，不停地下墜

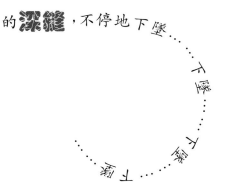

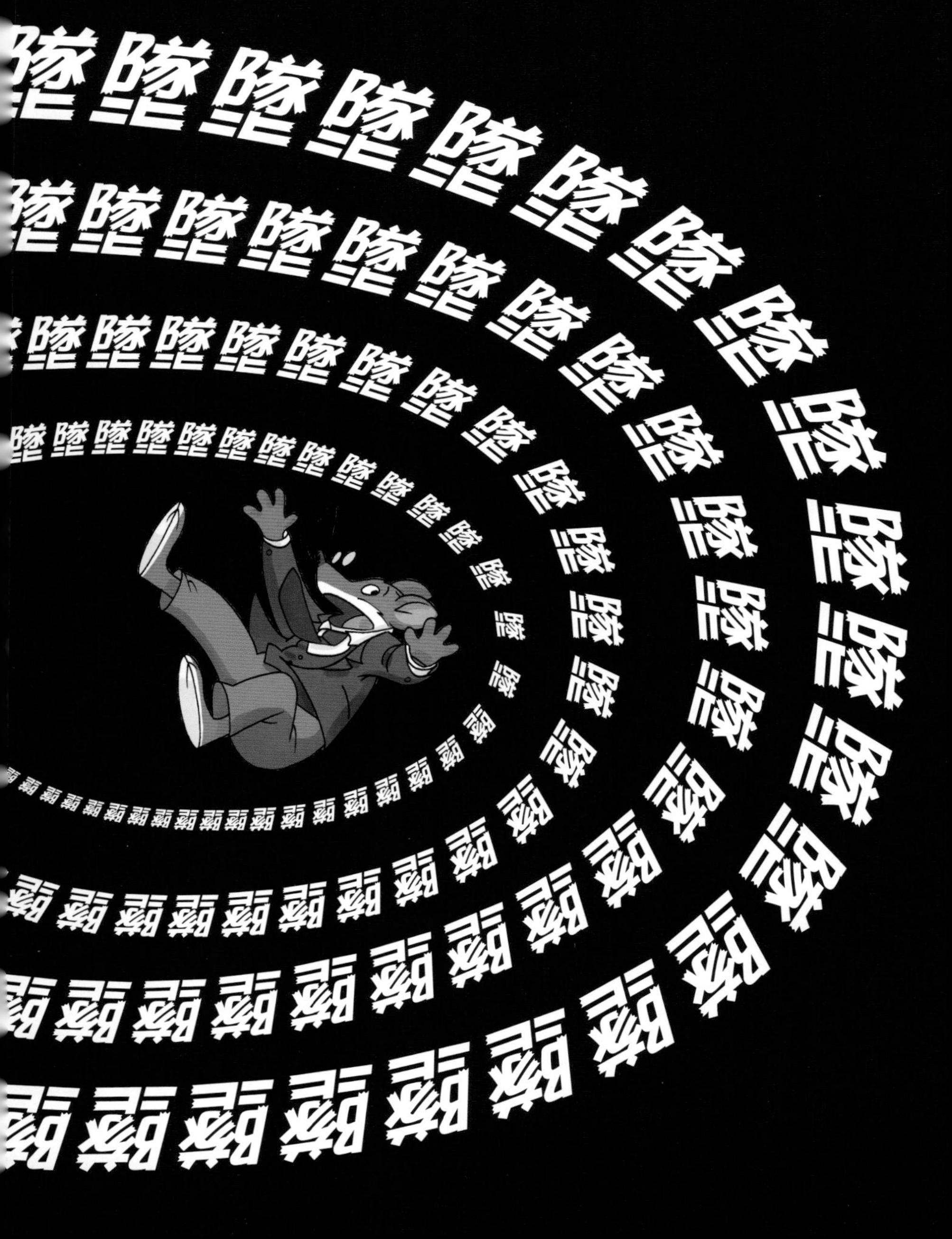

我重重地跌落在一個岩洞底部，**失去了知覺**。

在半睡半醒中，我的腦子一直是迷迷糊糊的。

不知道過了多久，我終於緩緩睜開雙眼，竟發現自己躺在一個奇怪的岩洞裏，四周撒滿了神秘的綠光。

難道我是在做夢嗎？

地精國

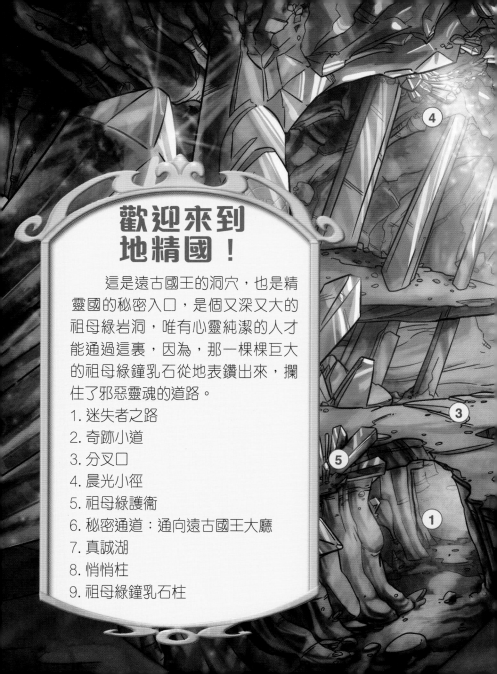

歡迎來到地精國！

　　這是遠古國王的洞穴，也是精靈國的秘密入口，是個又深又大的祖母綠岩洞，唯有心靈純潔的人才能通過這裏，因為，那一棵棵巨大的祖母綠鐘乳石從地表鑽出來，攔住了邪惡靈魂的道路。

1. 迷失者之路
2. 奇跡小道
3. 分叉口
4. 晨光小徑
5. 祖母綠護衛
6. 秘密通道：通向遠古國王大廳
7. 真誠湖
8. 悄悄柱
9. 祖母綠鐘乳石柱

歡迎來到地精國，騎士！

我使勁揉了揉眼睛，閉上又**睜開**，然後又狠狠掐了自己鼻子一把：奇幻的綠光仍在那裏。我掙扎着直起身來，這才發現，原來我置身在一個由**祖母綠**圍成的岩洞裏，而且，並不是我孤零零的一個！

我前方站着一個穿一身綠衣的女孩子，她有着一頭長長的祖母綠色的**頭髮**，目光**和善**卻很堅韌。她的額頭上繫着條金色的髮帶，上面綴滿了櫟樹葉，這不正是地精國精靈的紋章嗎？

她身後還站着三個年輕的精靈，身材魁梧，穿着一模一樣的鎧甲，肩上斜掛着的箭囊，裏面裝着幾支長箭。

那女孩**銀鈴**般的聲音在岩洞裏四處迴蕩：「歡迎來到地精國，騎士。」

「你怎麼知……知道我在這……這兒，這位小

姐？哦，我是說，我怎麼會出現在這裏？」

「騎士，你已經來到了**夢想國**！更確切地説，是**遠古國王岩洞**，我正是地精國的公主羅薇，是我的哥哥羅博送我來的……」

「**羅博？**他可從沒和我提起過他還有個妹妹……」

歡迎你，騎士！

「這並不奇怪，我們的行蹤一向都很小心。不過，請告訴我，你是怎麼來到這兒的呢，騎士？我還以為你這次會像以往一樣，騎在彩虹巨龍的背上飛過來……」

她看到我不好意思的神情，安慰我說：

「沒關係，你怎麼來到這裏的並不重要，重要的是你終於來了！進入夢想國有很多方式，可共同的特點是必須**心懷夢想、心靈純淨**！」

羅薇頓了頓嗓音，她的臉上浮現出一層淡淡的憂慮。

我好奇地問：「你在擔心什麼呀，公主？」

她深深歎了口氣：「情況很糟糕！我的王國，甚至整個夢想國的處境都**不妙**！不過，現在你先隨我來吧，稍後我哥哥羅博會向你解釋事情的全部情況。」

我歪歪扭扭地爬起來，感覺全身彷彿散了，**骨頭**又痠又痛，看來這一跤摔得可真不輕。

羅薇和羅博

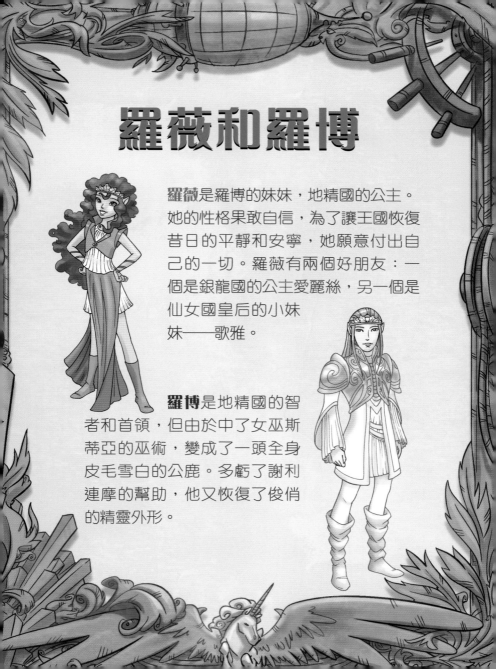

羅薇是羅博的妹妹，地精國的公主。她的性格果敢自信，為了讓王國恢復昔日的平靜和安寧，她願意付出自己的一切。羅薇有兩個好朋友：一個是銀龍國的公主愛麗絲，另一個是仙女國皇后的小妹妹——歌雅。

羅博是地精國的智者和首領，但由於中了女巫斯蒂亞的巫術，變成了一頭全身皮毛雪白的公鹿。多虧了謝利連摩的幫助，他又恢復了俊俏的精靈外形。

羅薇上下不停地打量我一番，評價道：「騎士，你穿成這樣可不行！前面的路**危險**重重，必須有合適的裝備才行呀⋯⋯」

她揮揮手，一個精靈就出現在我面前，手上提着的⋯⋯正是我的**鎧甲**！

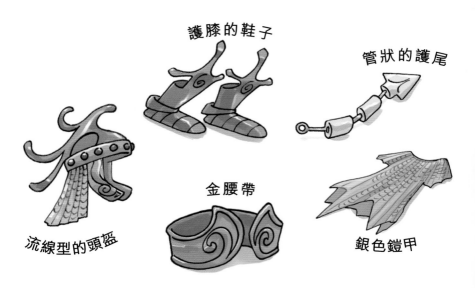

護膝的鞋子

管狀的護尾

金腰帶

流線型的頭盔

銀色鎧甲

我心懷**感激**地穿上它，又想起了這套老行頭陪我在夢想國四處歷險的往事。

一切穿戴就緒後，我們向**遠古國王大廳**出

38

發。我注意到無論我們走到哪兒，路的前方都會不斷冒出細小的祖母綠石。

羅薇笑呵呵地解釋說：「這些是**祖母綠護衛石**。因為你的心靈純淨，它們就放你過去。可如果壞傢伙想進來，那可就不容易了，這些祖母綠石會瞬間變得像塔一樣**高大**，攔住壞傢伙的去路！」

原來如此，我還以為它們只是些普通的石頭呢！

我**敬畏**地打量着這些石頭……

這是給你的，騎士！

謝謝，朋友！

我跟隨羅薇在**祖母綠**石長廊裏一路前行，穿過一個個裝飾聖潔的大廳，腳下的台階越來越光滑，打磨得如**玻璃**一樣錚亮。

我們踏進一個圓形大廳，廳的四周圍着八尊巨大的雕像，每一個雕像頭上都戴着金燦燦的**皇冠**。羅薇鄭重地告訴我：

「這些，就是曾經保衛過我們國土的歷代國王和皇后的雕像，從王國成立起直到今天……」

正說着，豎立在我們前方的是一道**石**造的門。

我剛推開一條門縫，從裏面射出的光芒便刺得我睜不開眼睛。

我定定神，重新推開那扇門，哇，整個神奇的王國盡收眼底，而我……

竟被眼前壯觀的一幕驚訝得說不出話來！

地精國的秘密大門

　　那扇石頭門重重地在我身後關上了，發出一聲**巨響**，嚇得我頓時跳起來，尖聲叫道：「吱！」

羅薇神情嚴肅地説：「這扇門可是進入**地精國**的秘密大門，千萬不要洩露秘密哦！」

她説的最後幾個字帶着迴音，在岩洞裏輕輕地迴蕩。

秘密哦……

秘密哦……

秘密哦……

秘密哦……

秘密哦……

秘密哦……

我將手捂在胸口，向她發誓：「我絕不會透露這個秘密，除非得到了你的許可，以我騎士的**榮譽**發誓！」

我向周圍望去，驚訝地張大了嘴：整個王國優美的風景展露無遺。羅薇自豪地告訴我那每座**山**、每條河、每個**湖**的名字……

毫無疑問，羅薇深愛着生她養她的這塊土地。

我久久地站立着，如同着了迷一般地**欣賞**着眼前的美景。

突然一個精靈大聲提醒道：「羅薇，我們必須**趕快**離開這兒，前面的路還很長，而且最近這一帶經常……」

　　他還沒說完，我們腳下的土地就可怕地顫動起來！「救命啊啊啊！！！」

「地震啦！！」

　　我驚恐地狂嚷着，只見巨大的石塊轟隆隆地從遠處的**山**上滾下來，大地劇烈地搖晃，我根本沒法站穩。突然，我腳下的土地裂開一道**大口子**，我都來不及反應就跌了下去。

　　就在這千鈞一髮的時候，我的尾巴一下子被卡在石頭的夾縫裏。我就這樣懸吊在半空中，心「怦怦」地亂跳，眼見着無數石塊從我身邊掠過，跌進深谷。

太可怕怕怕怕怕啦！

一直等到大地漸漸停止了**震顫**，伙伴們終於費勁地把我救了上來。

　　以我老鼠的名義發誓，這可真是我經歷的**最可怕**、最恐懼的時刻！

　　等到我的腳爪重新踏上地面的時候，我的臉色比月光照耀的**莫澤雷勒乳酪**還蒼白呢！

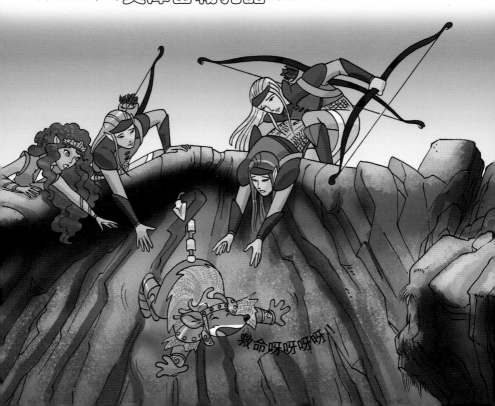

救命呀呀呀呀！

　　我大口大口地喘着氣，總算平復了情緒，又一瘸一拐地跟隨大家，踏上延伸向遠方的陡峭小徑。這條小徑通向白鹿城堡，羅博正在那兒等着我們呢。

　　強烈的**地震**在地精國產生了災難性的後果。我們四周的景色，一下從天堂變成了地獄。大大小小的**裂縫**遍布大地，彷彿隨時張開的大口在等待我們。連根拔起的**大樹**、倒下的**灌木**和**泥石**流留下的沙石隨處可見……

　　地震後改道的**河流**，吞沒了寧靜的樹林和廣闊的草原，原本在太陽下閃閃發亮的湖水，現在卻溢滿了混濁的泥漿。

但最讓大家難過的，是地精國的心臟——古老的精靈森林，震後的地上布滿了一道道黝黑的裂縫，曾經茂密的森林中許多樹木已倒塌……多荒涼的景色啊！

　　羅薇親眼目睹了這場巨變，她再也忍不住了，嗚嗚地哭起來。

　　「騎士，在你來這兒之前，這裏也發生過幾次小地震，因此我們才召喚你來幫忙，可我們王國從來沒發生過這麼嚴重的地震！」

　　我試圖安慰她，但我的眼眶也不禁濕潤了。

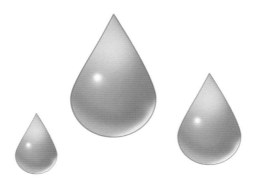

挽救精靈森林！

　　我們終於走到了白鹿城堡。羅薇帶着我一路小跑，來到了會客室。會客室是個寬敞的大廳，上面掛着一排**壁畫**。我吃驚地發現我和羅博的身影竟然也出現在一幅畫面上！畫面描述着我們在第四次漫遊**夢想國**時，互相拯救對方性命的往事……

永 遠 的 朋 友

在這幅畫下面，刻着五個大字：

「永遠的朋友」

就在我凝望畫面出神時，一把熟悉的**渾厚**聲音從我身後響起來：「真的是你，我永遠的好朋友！我一直在這兒焦急地等着你，因為我急需要你的幫助啊！」

說話的人，正是我的好朋友羅博！

我轉過身，**激動**地握住他的手，急切地問道：「朋友，快說吧，有什麼需要我幫忙的呢？」

　　羅博邀請我一起登上城堡的露台，又踏上一段

陡峭　　狹窄的樓梯。

　　我一路觀察城堡內部：這座城堡看上去既**堅固**

又**壯觀**，同時也十分古樸自然。

羅博

謝利連摩・史提

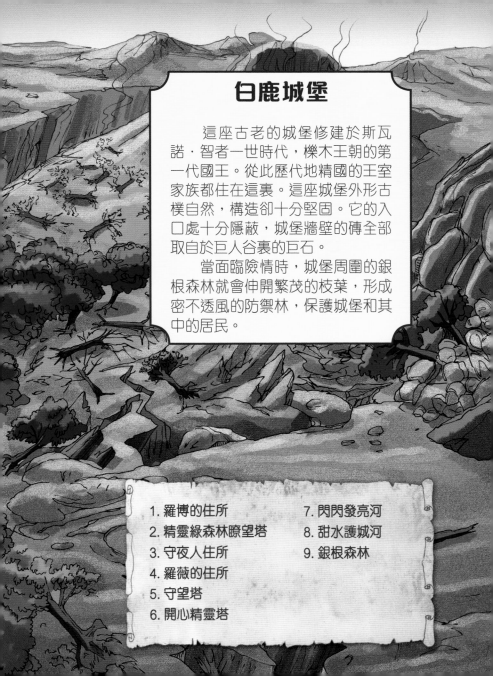

白鹿城堡

　　這座古老的城堡修建於斯瓦諾‧智者一世時代，櫟木王朝的第一代國王。從此歷代地精國的王室家族都住在這裏。這座城堡外形古樸自然，構造卻十分堅固。它的入口處十分隱蔽，城堡牆壁的磚全部取自於巨人谷裏的巨石。

　　當面臨險情時，城堡周圍的銀根森林就會伸開繁茂的枝葉，形成密不透風的防禦林，保護城堡和其中的居民。

1. 羅博的住所
2. 精靈綠森林瞭望塔
3. 守夜人住所
4. 羅薇的住所
5. 守望塔
6. 開心精靈塔
7. 閃閃發亮河
8. 甜水護城河
9. 銀根森林

從白鹿城堡俯瞰，我看到許多的精靈正在田間忙碌勞作，努力重建**震後**的家園。

　　我不由驚歎道：「真是一個堅強的民族呀！」

　　羅博告訴我：「沒錯，可遺憾的是，最近的這次地震造成的**破壞**實在太大了！整整一個禮拜，大大小小的餘震一直不停：以前從沒像這次一樣嚴重！朋友，只有你，才能**幫我**解開為何最近經常地震的謎團！」

我回答：「我會盡力的，羅博，放心吧！可我實在不知道是否能行⋯⋯」

　　羅博拍拍我肩膀，微笑地說：「你一定能行，騎士！你可是個飽讀詩書的文化鼠呀！相信只有你能解決我的難題。」

　　我好奇地問：「不好意思，羅博，可這地震和書本有什麼關係呢？」

　　「有關係，有關係，你會知道的⋯⋯」

這和書本有什麼關係？

沉默片刻，心情沉重的我跟隨羅博又回到了會客室，他妹妹正在那兒等着我們呢。

我固執地問道：「羅博，你快別賣關子啦！我不明白，我這次來和書本有什麼關係呢？」

「好吧。其實，我希望你能代我去學究院，全夢想國最著名的科學家都住在那兒：火山學家、地質學家、洞穴學家、魔法師、土地爺、怪獸學家、食肉魔學家、包打聽學家、隨聲附和學家、研究學家的學家，以及制定連自己都不記得的規定的學家⋯⋯你一到了那兒，就詢問他們地震的原因是什麼。只有他們才能告訴你發生了什麼。不過，我對這些老學究可沒什麼好感。看到他們我就頭痛！」

羅薇用手捂住嘴巴,咯咯地笑起來,打趣說:
「行了,哥哥,你就老實交代吧:你對**學校**、書本、教授從來就沒什麼好感,尤其是對某個特別的老師,是不是呀?」

羅博**板起臉**,故作威嚴地說:「哼,你怎麼敢這麼說我?」

他歎口氣：「沒錯，我妹妹說的是實話：比起埋頭在書堆，我更喜歡舞槍弄劍。況且我小時候的老師，總是兇巴巴的，經常要打我手板呢……」

「那還不是為你好！」羅薇反駁說，「你小時候就是個淘氣包，腦子裏全是鬼點子和惡作劇。好可憐的拉皮斯老師！」

嘿嘿……

你好大的膽子！

羅博有些尷尬地**咳咳嗓子**：

「呃，好吧，我承認，我小時候確實很頑皮。」

羅薇不依不饒地打趣：「騎士，你再猜猜看：現在學究院的院長是誰呢？」

我立刻心領神會：「一定就是羅博以前的老師：**拉皮斯**教授吧！」

羅博點點頭：「我倒希望自己去見他，向他承認小時候的錯誤，我那時候還年輕、**不成熟**，現在我已經長大了！可我猜他不會願意看到我，更別提幫我了。」

我**笑著**點點頭：「我明白了，原來你希望我幫忙去展開外交呀！」

「從某種程度來說，你說的沒錯。不過**勇氣**也十分重要：要想到達學究院可不容易，尤其是在非常時期的這種情況下。」

羅薇插嘴進來：「哥哥，我能陪騎士一起去嗎？這樣我可以順路去探望銀龍國的公主愛麗絲。我朋友歌雅一個禮拜前就去探望她啦！

三個分不開的好朋友！

在夢想國裏，有三個情同姐妹的小公主：她們是愛麗絲、羅薇和歌雅！

愛麗絲是銀龍國的公主。她是個技巧高超的馴龍人，喜歡吹奏一根銀笛。她的坐騎名叫火花，是條性格溫順的母龍，能夠在空中飛行時精確地瞄準目標。

羅薇是地精國的小公主（地精國首領羅博的妹妹）。她性格開朗樂觀，是朋友圈裏的開心果。她最喜歡在故鄉的森林裏散步，親近大自然。

歌雅是仙女國的公主（仙女國皇后芙勒迪娜的小妹妹），她是位生活在陸地上的小仙女，她清脆的歌聲能催促植物發芽成長。她的姐姐芙勒迪娜將一枚神奇徽章贈給她，可別小看這枚徽章，它足足能夠滿足七個願望哦。

愛麗絲　　歌雅　　羅薇

我已經好久沒見到**朋友們**啦，焦急得我都等不及去看她們了！」

羅博點點頭，望着我說：「我的朋友，在過去也有很多人前去**學究院**，可我再沒看到他們回來。在那裏你會聽到各種各樣的回答，可要想獲得正確的答案並不容易：聽說有許多人為了等一個答案，在那裏不得不停留好幾天，好幾個禮拜，好幾個月，甚至好幾年……可眼下，我們需要**儘快**拿到解決地震問題的答案！」

羅博拍拍手，一個精靈手裏捧着夢想國**地圖**走進來，上面繫着綠絲帶，還蓋着地精國的封印：上面是兩片櫟樹葉子和一個橡實。

羅博囑咐我：「帶上這張地圖吧，你就不會**迷路**了。我們五天以後在**學究院**那裏等你。騎士，這次可就拜託你了。只有你，才能找到導致這可怕**地震**的根本原因。」

我默默地點點頭，仔細收拾好行李。在第二天黎明時分，和羅薇**踏上了**前往學究院的漫漫旅程。

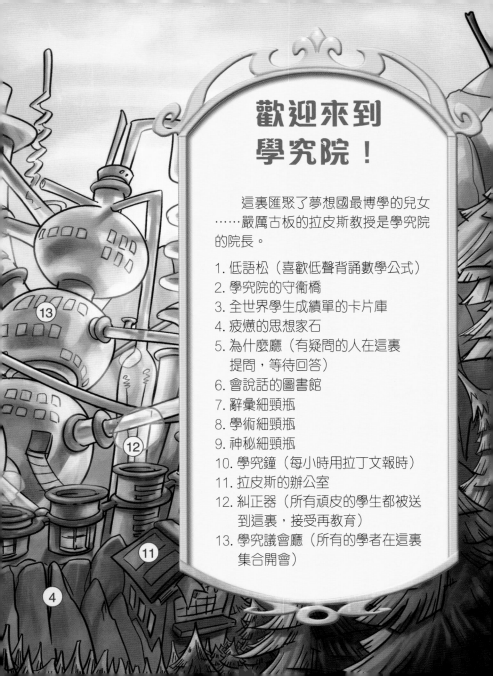

歡迎來到
學究院!

　　這裏匯聚了夢想國最博學的兒女……嚴厲古板的拉皮斯教授是學究院的院長。

1. 低語松（喜歡低聲背誦數學公式）
2. 學究院的守衞橋
3. 全世界學生成績單的卡片庫
4. 疲憊的思想家石
5. 為什麼廳（有疑問的人在這裏提問，等待回答）
6. 會說話的圖書館
7. 辭彙細頸瓶
8. 學術細頸瓶
9. 神秘細頸瓶
10. 學究鐘（每小時用拉丁文報時）
11. 拉皮斯的辦公室
12. 糾正器（所有頑皮的學生都被送到這裏，接受再教育）
13. 學究議會廳（所有的學者在這裏集合開會）

當我提到「羅博」時，會發生什麼事？

通往學究院的旅行充滿了危險，確切地說，應該是**非常常常危險！**

到處都是**地震**留下的痕跡：泥石流、雪崩和地上的一條條裂縫。

真是噩夢般的旅行呀！

當學究院終於映入我的眼簾時，我已經累得一瘸一拐了。我癱在一棵樹下，好奇地注視着不遠處那羣**古怪的**建築。

那充滿神秘感的建築羣，好似一個個科學實驗室裏巨大的玻璃蒸餾器，當中，由像蛇一樣纏繞的管道和稀奇古怪的**零件**連接在一起。

我正在尋思這古怪的地方到底會發生什麼，羅薇走上來和我道別：「騎士，我現在就要踏上前往

銀龍國的旅途了，我已經等不及要見到歌雅和愛麗絲了。」

我連連感謝她的幫忙：「謝謝你一路陪伴我！我們後天早晨和羅博在這裏會合！」

我目送着羅薇的身影**一步步遠去**，轉身繼續前行。只見，學究院的門口站着兩個衣着奇特的衛兵。他們身上穿着學士服*一樣的黑色長袍，頭上扣着一頂古怪的帽子，那形狀活像倒放的書。他們兩個透過啤酒瓶般厚的眼鏡，**狐疑**地瞪着我，嘀嘀咕咕地說着什麼。

*學士服：大學畢業典禮時穿的衣服。

71

我支支吾吾地自我介紹：「我名叫謝利……呃，我……我是個騎士。我有事要見院長，我是羅博委託來的。」

我剛剛提到羅博的名字，其中一名衛兵就尖叫起來：**「啊啊啊啊，你說什麼？」**

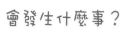

我以為他聽力不好，於是氣運丹田，大聲喊道：

「我是羅博委託來的的的！」

他們趕緊捂住我的嘴巴：「噓噓噓！你可千萬別在這兒提那個名字！」

「可羅博對我說……」

「別提那個詞！」

「哪個詞，羅博？」

「快快別說了……」

「為什麼，當我提到『羅博』時，會發生什麼事？」

「我們根本就不能提這個詞，這是個秘密。你再也不要提它了，明白了嗎？」

這一切看上去是那麼**奇怪**，不過，我可沒時間

仔細想了，我連忙請教兩位衛兵：「是這樣的，我有個緊急的問題要問院長，是代表羅……呃，就是那個你們不能提的名字！」

第一個衛兵告訴我：「這再**簡單不過**了……你只需要把問題遞交到**132**號窗戶，然後從**321**號窗戶領張表格，填好以後交到**231**號窗戶，記住不是**213**號窗戶！接下來，你只需要重新回到**132**號窗戶耐心等待答案就行了。你聽明白了嗎，嗯？？？」

你聽明白了嗎？？？

！？？

呃，這……

天哪，我可什麼也沒明白！

那衞兵打開身後的一道門，指給我看裏面的那個房間，只見裏面有好幾個小窗戶，後面排滿了**長龍**一樣的隊伍。

看上去，他們彷彿等待了幾個**世紀**……

我不禁滿面愁容地問：「要想拿到答案，究竟要等待多長時間呢？」

衞兵眼鏡背後閃着兩道懶洋洋的光：

「**哦！**那取決於你問什麼問題了……有的答案需要等一個月，有的需要一年，有的需要一個世紀

……**懂了嗎？！**」

　　我惱火地叫道：「吱吱吱！我可不想等，我需要快點拿到答案，地精國森林現在已經十分危險了！」

我很着急急急急！

　　衛兵咕噥道：「**真的？**像你這麼緊急的事，（天知道）也許能夠不用排隊。作為特例（看你運氣）提前處理……你可以試試在學究院下一次的代表大會上，直接**提問**！」

「那好吧，我這就走，還等什麼呢？」

「安靜一下，騎士，首先我必須查清楚你有沒有進入學究院的資格：只有聰明的腦袋，才有資格進去。學究院可不向笨蛋開放！」

衛兵將我領進一個堆滿抽屜的房間，在那裏竟然儲存着全世界所有學生的成績單！他掏出一個信封，上面寫着幾個大字「**屬於正直無畏的騎士**」，隨後就翻出了我的成績單。

當他發現我在學校的成績還算優秀（這是我謙虛的説法）時，他滿意地歎口氣，從口袋裏掏出一卷羊皮紙，在上面蓋上 ，莊嚴地將它遞給我：

「我在此證明：

該騎士擁有上等大腦，批准其參加學究院代表大會。

學究院衛兵甲

特此簽名

衛兵接着催促我：「快走吧，學究院代表大會還有……一分十二秒，就要開始了！**遲到者不許入內！**」

我上氣不接下氣地向即將關閉的會議室大門奔去，一頭撞進了寬闊的大廳……

衝啊！

之乎者也……

　　這是個非常寬敞的圓形大廳，廳內環繞着一排排階梯式座椅。此刻，上面坐着的是幻想國的各類**專家**、**學者**和*科學家*：還真的就像羅博曾告訴我的那樣！

　　在他們當中，居然還有《木偶奇遇記》中那隻著名的寓言**蟋蟀**！

　　這時，迎面走來了一隻戴着眼鏡的貓頭鷹，疑惑地盯着我：「咕嚕，咕嚕，你是誰？咕嚕，咕嚕，你來這兒做什麼？」

　　大廳裏的所有目光，「唰」地一下子都聚集在我身上。

　　我結結巴巴地解釋道：「呃，我有個問題，想問問偉大的學究院院長皮斯拉教授……不對，我是說偉大的學究院院長斯拉皮教授……哦，不對，請你們一

80

定要原諒我，我一緊張就不知道怎麼講話，呃……」

我站在大廳中央，臉羞得通紅。

唉，我給他們的第一印象一定**糟透了！**

我試着讓自己能很快鎮靜下來，深深地吸了**一口氣**，然後一口氣將所有想說的話喊出嗓子……

「我來這裏是有問題要問偉大的學究院院長拉皮斯教授！」

哦，我總算是説出來了……

咕嚕，咕嚕，咕嚕

呃，不好意思……

只見從大廳前方高大的 木頭講台 的背後，冒出來一個臉色蒼白的人。他那瘦小的身軀，裏在了一件寬大的黑色學士服裏。他的頭上戴着一頂和衛兵一樣 書 籍 形狀的帽子。只不過，他的這頂帽子是金色的！

他上上下下仔細地打量着我，沒好氣地說：

「**真無聊**，問題，問題，總有問題！怎麼總

是向我提問，還催着我要答案。**無聊！**」

　　這時，那隻不耐煩的貓頭鷹在大廳裏**撲閃**着翅膀，跳上了院長的講台，高聲抱怨起來：「咕嚕，咕嚕，下班時間都快到了！還有什麼問題，快點問吧！」

　　院長拿起身邊的**小木槌**，重重地敲在講台上：

砰砰砰砰砰！

　　我要趕緊抓住這機會，大聲地提問道：

　　「院長，我特別需要你的幫助，來解答一個十分重要的問題。夢想國最近總是不斷地發生地震，這背後的起因究竟是什麼？」

　　我的話音剛落，大廳裏一陣竊竊私語，隨之越來越響，化成**巨大的**嗡嗡聲。

在座的各個專家、學者和科學家們，也開始大聲嚷嚷陳述着自己的意見，甚至激動地互相推搡起來。

就在這時，院長抄起木槌，「砰」地一下敲在講台上，高喊起來：「**安靜靜靜！**」

瞬間全場鴉雀無聲。院長清了清嗓子，開始了一番**漫長**、**浮誇**、讓我**昏昏欲睡**的講話。

「朋友們，尊敬的男同事和女同事們，我就簡單說兩句吧。我們在這裏聚集一堂，是為了回答這個

照我看⋯⋯　按我説⋯⋯　不，聽我的⋯⋯　才不對呢！

騎士的問題。因為他說他很着急，那麼，對於這類 **緊急** 的問題，我們必須採用 **緊急** 的程式，來幫助他得到 **緊急** 的答案。大家可以針對他的問題自由發言，但是我拜託大家：你們要一個一個地說話，而且要回答得簡短精煉！我先來說兩句吧，畢竟我是院長嘛。你們都知道，夢想國目前為止，很少出現地震。但是根據 震動學理論，有時候大地會顫抖，那是因為……大地受到了驚嚇！再根據 啜泣學理論，夢想國地表震動，是因為……地表傷心地在流淚！又或者，根據 大笑學理論，大地在震動，因為有誰在撓它癢癢！」

　　院長還在滔滔不絕地說着他的可笑理論，我聽得都快睡着了，耳邊依稀傳來他的饒舌聲：*之乎者也……之乎者也……之乎者也……之乎者也……之乎者也……*

地震

地震，又名地動，是地殼快速釋放能量過程中造成的震動，期間會產生地震波的一種自然現象。地震還可能造成海嘯、泥石流和地裂縫等次生災害。

……之乎者也……之乎者也……之乎者也……之乎者也……

之乎者也……之乎者也……之乎者也……之乎者也……

者也……之乎者也……之乎者也……之乎者也……

也……之乎者也……之乎者也……之乎者也……

……之乎者也……之乎者也……之乎者也……

……之乎者也……之乎者也……之乎者也……

……之乎者也……之乎者也……之乎者也……

也……之乎者也……之乎者也……之乎者也……

……之乎者也……之乎者也……之乎者也……

也……之乎者也……之乎者也……

……之乎者也……之乎者也……之乎者也……

者也……之乎者也……之乎者也……

誰竟敢提到了羅博？

我揉揉眼睛，醒了過來，已經是黎明時分：拉皮斯教授竟然說了整整一個 晚上 ！而他居然還在重申演講前的宣告：「我就簡單說兩句……」

此刻的我再也受不了了，激動地大聲打斷他的話：「不好意思，你是不是能夠概括一下，簡單地告訴我答案呢？畢竟，我的時間很緊迫，應該說萬分**緊急**，我的朋友羅博還在等着我呢！」

我的嘴唇剛剛吐出「羅博」兩個字，我馬上就醒悟過來，一把捂住了嘴，可未免已經**太遲**了！

大廳裏呈現出死一般的寂靜……

寂靜　寂靜
寂靜

拉皮斯轉轉**眼珠**，劇烈地咳嗽起來，整個臉都憋成了**紫色**，從耳朵裏冒出兩縷煙。接着他屬聲喝道：「我沒聽錯吧？這裏居然有誰提到了羅博？真的是羅博？羅博羅博羅博？？？」

這裏居然有誰提到了羅博？

接着，他開始放聲哇哇大哭，眼淚像噴泉一樣湧出來……

真的是羅博？

「羅博，唯一一個不聽我**教誨**的學生。他總是喜歡舞槍弄棒……他總是討厭聽我上課……他總是趁我不注意，就**溜**到樹上……」

一旁的貓頭鷹向我擠擠眼睛：「咕嚕，咕嚕，看看你都做了什麼好事？現在，院長要哭上幾天幾夜了。難道沒人**提醒**你這裏不能提到羅博的名字嗎？」

羅博羅博羅博？？？

更倒楣的是，連貓頭鷹的話也被拉皮斯院長聽到了，這下，他哭得更厲害了！

我慌忙從口袋裏掏出手絹，試圖安慰他。

「好了，好了，別哭了！我的朋友羅……我是說，我那地精國的朋友，告訴我他對自己當年的頑皮感到很**抱歉**。他希望我告訴你：他很感謝你當年的**教育**……」

拉皮斯院長聽到這裏，立刻眨眨眼睛，止住哭泣：「哦，他當真還記得我？他說他感謝我，是這樣說的嗎？**太好了！**現在，我要和大家談談什麼叫感激。我就簡單地說兩句吧。總之，*之乎者也*……」

拉皮斯院長的嘴巴裏又開始吐出一串串話語，生澀的詞句害得我一點兒也聽不懂。

我小心地試圖提醒他：他還沒有回答我關於**地震**的緊急問題呢，可他的話匣子既然已打開，肯定就不那麼容易合上了。

感激

感激是十分重要的感情。意思是明白（懂得）別人對我們的好意或者幫助，並深深地感謝他。

90

對此，我只好腳底抹油，悄悄地**溜走**了。

很明顯，從他這兒我是要不到什麼答案的了。正在我轉身要離去時，那隻會**說話的蟋蟀**蹦跳着竄到我耳邊，低聲耳語道：「騎士，如果你真的那麼急着要知道答案，我建議你還是去拜訪會**說話的圖書館**吧；在那兒，你會得到你想要的回答。不過，你可要十分小心心心！」

我不解地問：「為什麼叫會說話的圖書館？我又為什麼要小心呢？」

可那蟋蟀已經**蹦走**了。

我只聞到一陣
神秘的香氣……

91

會說話的圖書館的秘密

　　我匆匆踏進圖書館，只見大廳中央的地板上拼接着圓形的圖案，在圖案當中放着一個 樂譜架，架上面放着一本書，翻開的書頁上印着幾行意思很奇怪的字。

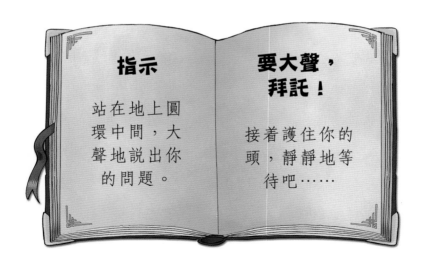

指示

站在地上圓環中間，大聲地說出你的問題。

要大聲，拜託！

接着護住你的頭，靜靜地等待吧……

我決心遵照這個**奇怪**的指示……可我的鬍鬚都緊張地**顫抖顫抖**起來。我站在大廳中央的圓形圖案裏，把嘴湊到樂譜架旁，聲音**顫抖**地問：「最近，引起夢想國一連串地震的起因是什麼？」

一把**神秘的**聲音傳出來：「傻瓜，上面不是寫了『要大聲說』嗎？」

我只好**大聲**喊出我的問題，然後，就戴好頭盔護住腦袋，靜靜地等待着……

……的起因是什麼？

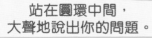

站在圓環中間，
大聲地說出你的問題。

護住腦袋，
靜靜地等待……

幾秒鐘後，地板突然猛烈地**顫動**起來，一排排擺滿書的書架開始**搖晃**起來。瞬間，各種形狀和尺寸的書像雨點一樣砸到我身上。最不可思議的是：這些書都還在講話，甚至可以說在**尖叫**着什麼！

「讀我，先讀我！」

「你住口！去年已經有人讀過你啦！」

「讓開，你們都讓開，我先到！」

沒過多久，我就被山一樣高的書徹底埋沒了。

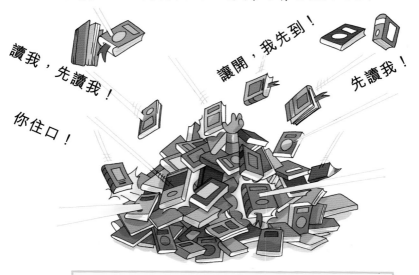

那些與我提的問題有關的書，
稀里嘩啦地「*空投*」到我身上。

真是不可思議，原來這個神秘的圖書館裏，竟然存有這些活生生的書！

　　我**手忙腳亂**地從書堆裏不斷地往外扒着，好不容易才鑽出來，我連忙吩咐道：「**大家安靜！**我們可是在圖書館裏！」

　　剛才還嘰嘰喳喳的書本們總算安靜下來，我命令它們說：「現在你們馬上排成**兩行**：與地震有關的書，立在右邊；與火山有關的書，立在左邊……」

噓噓噓噓噓噓噓！

書籍們**跳來躍去**，按照我吩咐的那樣排成兩行，可它們依然吵個不休，因為誰都想排在最前面，讓我能最先讀到它。

它們的嚷嚷聲，吵得我**頭都大**了。

「先讀我，先讀我！」

「你們這些袖珍口袋書，總是這樣不懂事！」

「你們這些**精裝**硬皮書，把我都擋住啦！」

書籍們開始互相推搡起來，我見狀惱火地大喝一聲：

「**都給我住口！**

你們乖乖地按照字母表順序排列。我會把你們通通讀完的，以我老鼠的名義發誓！」

書籍們乖乖地疊了起來，摞得像**塔**一樣高。

我一天一夜頭不抬眼不閉，終於才把它們通通讀完了！苦是苦了點兒，但從中，我學到了很多關於地震和火山噴發方面的知識，可是我依然沒有找到急需**問題**的答案。

竟然沒有一本書能解釋為什麼大地會突然開始震動，或者為何之前從未發生過**地震**的夢想國，會遭受這樣的災害……

不過，我倒發現了一個有趣的現象：所有的地震，都有一個破壞**最強**的區域。這一區域就叫做**震央**。

我決心已定，向震央區域前進。儘管只要一想到那裏的路會異常艱險，我的汗毛就要倒着**豎豎**起來！

我從口袋裏摸出夢想國的地圖，按照我的推斷在上面標出震央的位置：**火燄山**！

要想到達那裏，我要一路向西前行……

地震：又稱地動，使地殼快速釋放能量過程中造成的震動。

火山：由固體碎屑、熔岩、噴流而出的物體，圍繞着噴出口堆積而成的丘或山。

震央：地震中破壞最強的區域。

震動：地震中地表發生的劇烈移動。

　　當我起身要走出這個**古怪的**圖書館時，那些書籍卻連拉帶扯地挽留起我來：

　　「騎士，別走呀，再陪我們一會兒吧！」

　　「我們已經寂寞了很久啦！」

　　「看得出來：你喜歡學習。因為你樂意翻書。這是多麼難得的事呀！」

　　我轉身不捨地和它們一一告別：「謝謝你們的幫助，你們的 字 裏 行 間 ，藏着很多有用的信息。可我現在必須要離開：因為我的朋友羅薇和羅博在等着我！」

徽章的秘密

　　當我走出學究院的時候，眼皮不由地越來越沉，雙腳像灌了鉛一樣沉重。誰讓我一天一夜沒合眼，就為了閱讀那山一樣高的專業書籍呢。

　　我再也挪不動腿了，便一屁股坐在一棵大樹的蔭涼下，等着朋友們的到來。我好想馬上告訴他們我這次行程的巨大收穫！可沒過多久，我就不知不覺地墜入了夢鄉⋯⋯

　　呼⋯⋯呼⋯⋯呼！

我再次睜開雙眼時，面前不僅站着羅博和羅薇，還有愛麗絲——*銀龍國*的公主。我在前面幾次夢想國歷險時，早已和她結下了深厚的友誼。

　　我揉了揉惺忪的眼睛，這才注意到朋友們的臉上布滿憂傷。

　　我不禁焦急地問道：「你們究竟怎麼了？」

　　羅薇忍不住抽泣起來：「我剛到銀龍國，愛麗絲就告訴我一個可怕的消息：我們的朋友歌雅失蹤啦……」

　　愛麗絲告訴我們：「一個禮拜前，歌雅本應過來看望我們，可卻久久不見她的蹤影。我十分擔心，便派巨龍們去尋找她。結果只在地上找到了這枚徽章……」

　　羅博補充説：「歌雅從未摘下過這枚徽章，因為這是她姐姐送給她的珍貴禮物。」

　　羅薇眼淚汪汪地説：「也許她被綁架了！」

　　愛麗絲給我看那枚拾到的徽章：只見在徽章當中，刻着大寫的G和F，這正是歌雅和芙勒迪娜名字的首個字母！徽章的四周，鑲嵌着七顆顏色各異的寶石，宛如彩虹的七種顏色。我留意到在這枚徽章的背面，用夢想語刻着兩行字：

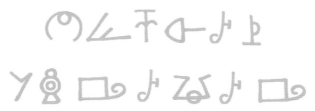

　　你能讀懂它們的意思嗎？*

*可以參考324頁的夢想語詞典哦！

歌雅的徽章

　　這枚徽章是歌雅的姐姐——仙女國皇后芙勒迪娜贈給她的，作為姐妹倆手足之情的象徵。在背面，刻着一行字：「永遠與你同在」。這枚徽章十分神奇：它上面鑲嵌的七顆寶石，分別能滿足七個願望。

我高聲讀出徽章背面刻着的字：「永遠與你同在」。

　　我十分感動：這枚徽章，正象徵着姐妹倆深深的**感情**。即使兩個人遠隔萬里，也沒有什麼能將彼此分開。

愛和距離

　　即使彼此相隔遙遠，也無法影響兩顆真摯的心。因為我們的心中，永遠為所愛的人留出角落。

　　什麼是真正的朋友？就是不管分開多久，重逢時都不會感到陌生的人！

　　我正在沉思，羅薇拍了拍腦袋：「對了，我想起來了：歌雅曾經告訴過我，這枚徽章很神奇，可以滿足七個願望。」

我靈機一動，舉起徽章說道：

「徽章，快告訴我們歌雅在哪裏！」

話音剛落，那徽章便發出一道紅色的**光線**，變成**箭頭**的形狀，指向遠方：它在為我們指引方向！

我興奮地叫道：「箭頭指向西方，那裏正是我想去的**火燄山**，也是地震的震央區域！」

　　不一會兒，那紅色箭頭漸漸**消失**了，我端詳着徽章，發現上面的一顆**紅色**寶石的光彩暗淡下來，轉成灰色。看來，現在只剩下六個願望可以實現了。我決心要珍惜這六次機會。

　　就在這時，羅博鼓勵大家：「**加把勁兒，朋友們！**我們還有任務要完成：救出歌雅，並重建地精國！」

　　我們大家齊聲發誓：

「我們一定會救出歌雅！」

再見，可愛的羅薇

隨後，我們開始向 **紅色** ▶ 箭頭指引的方向前進。

羅薇衝在最前面，她只有一個願望，便是戰勝一切 **困難**，儘快找到她的好朋友。可是，羅博快步上來攔住了她。

「羅薇，好妹妹，快沿原路返回白鹿城堡吧。」

羅薇搖搖頭：「我才不回去：我也要和你們一起，救出我的朋友。歌雅需要我！」

羅博嚴肅地說：「但我們王國的人民也需要你：誰來負責地震後的重建工作？誰在這危急時刻安慰大家度過 **難關**？我們倆一定要有一個留下來的⋯⋯」

聽到這些話，羅薇沉默了：一顆 **淚珠** 沿着她臉頰滴落下來。

「我真希望和你們同去，可我也明白自己的 **職責**：我會返回白鹿城堡！」

我鄭重地向羅薇許諾：「我一定會盡我所能，完成使命。**以我騎士的名義發誓！**」

羅薇點點頭：「再見了，騎士！你一定要小心：千萬別再跌進地震的**深縫**裏了！因為下次你身旁可沒有我再拉你上來嘍！」

我深深歎了口氣：「我一定會盡量小心，不過這可說不準。你知道：我總會莫名其妙地給自己惹上**麻煩！**」

一番不捨的告別後，可愛的羅薇返回地精國。而我們則一路向西，朝火燄山方向前進。我們越是向紅箭頭指引的方向走，就越是感到大地的**震動**頻繁起來：看來我們確實逐漸靠近地震災害最嚴重的震央區域了。

為了趕路，大家整整七天七夜沒合眼。直到我們終於決定停下來，**吃點**乾糧，小睡一會兒。我迷迷糊糊地沉入夢鄉，可不一會兒就滿頭大汗地從噩夢中驚醒了。

無數個問題在我的腦海裏盤旋，在黑夜中我靜

112

靜地思考着……

「到底是什麼可怕的**生物**，綁架了歌雅？」

「要想找到她，我們還要經歷多少困難險阻呢？」

「我們究竟能不能找到她？」

經過了七天七夜的趕路後，在第八天的黎明時分，地平線的一端現出了黝黑蒼涼的剪影：那正是**火燄山**……

歡迎來到
火餤山！

　　這裏居住着一羣邪惡的火山矮人，他們總是試圖讓火山爆發，引起地震。
1. 巨型深淵
2. 熔岩河（燒紅河、燒傷河、燒焦河）
3. 大鍋爐
4. 窒息煙柱
5. 咳嗽煙柱
6. 臭味煙柱
7. 旅行者腳印
8. 燙腳板小路
9. 熾熱呼吸山脊
10. 失蹤者懸崖
11. 火餤山
12. 沸騰深淵

這就是火燄山！

　　我們終於來到了**火燄山**腳下，只見，一條**灰蒙蒙**的煙柱從山頂騰騰地冒出來。

　　我吃驚地問大家：「朋友們，你們看到山頂冒出的**煙柱**了嗎？」

愛麗絲也很困惑：「煙柱？**好奇怪**……火燄山幾個世紀以來，都處在休眠狀態。火山口怎麼會噴出濃煙呢？」

我**嚇**得尖叫起來：「救命啊，這麼說來，火山要蘇醒了！隨時隨地都會噴發！

快快快，我們快逃啊！」

我轉身就想逃走，可愛麗絲頑皮地揪住我的尾巴。

「騎士，你把我們的使命忘到腦後啦？」

快快快，我們快逃啊！

119

我的臉**紅**得像個大番茄：「我沒忘，可我一想到要攀登一座隨時會噴發的火燄山，我就全身哆嗦！」

羅博拍拍我的肩膀。

「你不用**不好意思**，我也很害怕！」

我驚訝地問：「真……真的嗎？」

「真的，感到害怕很正常。所有人都有恐懼的時刻，哪怕是大家眼中的勇士——地精國的首領也不例外！」

「……哪怕是**銀龍國**的公主也不例外！」愛麗絲笑着補充。

羅博安慰我：「我以前的武術老師曾經對我說過：真正的英雄不是沒有**恐懼**，而是不會被恐懼所征服！」

愛麗絲點點頭：「正因為這樣，你才會成為一名真正的英雄，**騎士**！」

聽他們這樣說，我長長地鬆了口氣，感謝大家：「謝謝，朋友們。現在我感覺好多了！**走吧，繼續前進！**」

> ## 即使是真英雄，有時也會感到恐懼……
>
> 感到恐懼很正常：每個人都會害怕！真正的英雄不是沒有恐懼，只是不會被恐懼所征服。

我們沿着布滿石頭的山谷行走，那裏見不到任何樹木，大地十分**乾燥**，只有零零落落的多刺灌木從土壤裏鑽出來。我們不時經過冒着**泡泡**的**泥漿**池塘，裏面散發出濃烈的硫磺氣味。

　　這真是**噩夢**般的地方！

　　遠遠的，大地上突然躍起幾米高的白色水柱：那不是**間歇性熱噴泉**嗎？

　　我想起了從圖書館的書上學到的知識：

> **間歇性熱噴泉**：通常出現在火山地區，間歇性地噴射強有力的水柱或蒸汽柱。

　　我們奮力朝着山上攀登，山谷中熾熱的空氣簡直快把我們**烤熟**了。我不斷地擦着汗，坐在一塊**石頭**上，攤開地圖：「呃，按照地圖上的標記，這裏應該有一處『**白巨人**』，可奇怪的是我什麼也沒

121

看到……到底在哪兒呢？」話音剛落，一陣轟隆聲從我身下傳來……

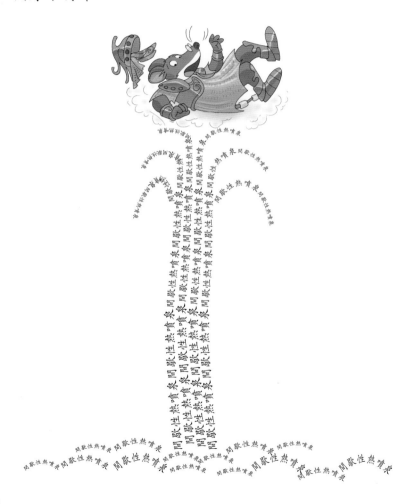

哇哇哇哇！

突然間，一股熱氣騰騰的白色水柱從地裏直着沖出來，我的身體隨之**騰空**而起，被沖到了七八米高的上空。

我嚇得大聲尖叫：「快救我下來呀！我有**畏高症**！」

救命啊！

還沒等我反應過來，白色水柱就消失了，我又被猛地 **跌向** 地面，不偏不倚地栽到一顆尖利的石子上！

哎喲喲！

我揉着尾巴高聲抗議：「哎喲喲，**痛死我了**！」

哎喲喲！

話音剛落，又一輪熱噴泉爆發了！滾滾熱流又將我沖上高空！然後再摔到地上……然後再次扔向高空！我的命好苦啊！

我就像坐上了一部**發瘋的電梯**……

愛麗絲扯開嗓子喊道：「騎士，快快移動位置！你坐的地方，正是間歇性熱噴泉的所在地！」

我這才反應過來，原來這溫泉正是地圖上標注的「自匯人」，而我剛才還抱怨找不着它，卻沒想到自己恰恰坐在了它上面！

我揉了揉幾乎散開的身體，一瘸一拐地和伙伴們又踏上了征途。可沒多久，一陣猛烈的地震向我們襲來。巨大的石塊從山頂跌落，轟隆隆地滾下山谷！

我們幾個趕快閃躲在一塊大岩石後面，

才總算揀回了幾條小命。

我真想拔腿就走,可再想想自己肩負的使命,我決定堅持下去。我直起身,拍拍身上的塵土,招呼伙伴們:「加油啊,我們繼續往前走!」

誰也想不到,我們接下來的倒楣事還多着呢!

一股風撲面而來,夾雜着又黑又難聞的煙塵。一陣陣濃密的霧霾,將我們團團包圍起來。我們幾個被煙塵嗆得咳嗽個不停,灰塵撲得滿臉都是,看上去就像沼澤地裏的食肉魔(沼澤地裏的食肉魔,是所有生物裏最骯髒最噁心的啦!)。

這時,一條清澈的山泉進入我們視線。愛麗絲快步向泉水奔去,一邊跑一邊卸下身上的鎧甲,接着一個猛子扎到泉水裏。

羅博嘟噥着:「我說……女孩子真是事多!我們現在正急着趕路,哪有什麼時間清潔打扮呀!」

但當他在一個小水潭邊看到自己的倒影時,羅博大叫一聲,也立刻跳到河水裏了:現在他可知道自己看上去有多可怕啦!

我見狀也開始卸下身上的鎧甲。可我的護尾怎麼也拽不下來。

　　*我拉呀……拉呀……拉呀……拉呀……拉呀……*可就是拽不下來！

　　我使出吃奶的力氣，猛地把護尾扯了下來……可我用力過猛，把隨身攜帶的背包甩進了河裏！

127

第一冊大百科全書

就在背包落水的一瞬間，一把聲音高叫道：

「**救命！快救救我！**」

是誰在叫？

是誰需要幫助？

我看看愛麗絲和羅博，他們正在河裏暢快游泳呢！

叫喊聲又再次傳過來，不過那聲音聽上去更加遙遠了。

「**救命命命命命！救救我我我我我！！！**」

我反應過來，原來我的背包被急流沖得離我越來越遠了。

難道是我的背包在講話？

這怎麼可能？可那聲音確確實實是從背包裏發出來的！

我好奇地沿着河岸奔跑，眼睛盯着河水中一沉

一浮的背包。愛麗絲和羅博也試圖抓住它。

　　眼看着那背包就要被一個漩渦吞沒了，我似乎看到包裏面有什麼東西在拚命掙扎。我再也顧不得那麼多了，猛地跳進河裏，牢牢地抓住背包：我感覺到什麼東西，在背包裏嚇得瑟瑟發抖！

　　我尖聲叫道：「別害怕，我來救你了！」

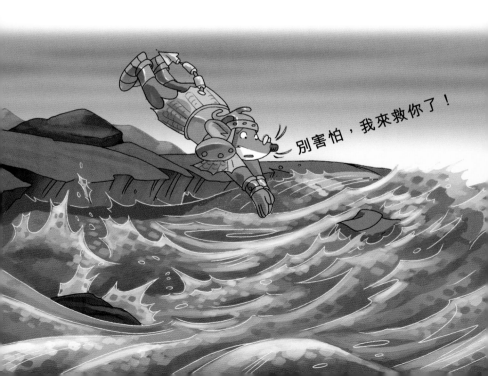

別害怕，我來救你了！

但湍急的 **水流** 將我團團圍住，急速地裹着我向前奔騰……

我好不容易將頭探出水面，看到羅博焦急地向我揮手，試圖吸引我的 **注意力**：他嘴裏高聲喊着什麼……可嘩嘩的水聲太 **嘈雜** 了，我根本聽不清楚他在說什麼！

我仔細地嘗試着從他嘴唇的變化中猜出他所說的話。

「小……心……前……面……的……瀑……布！」

瀑布？ 他剛才說的是瀑布？

我的天！原來真的有瀑布！我還沒反應過來，身體就開始急速下跌下跌下跌下跌！

我一頭栽下瀑布，落進一個**深潭**。

萬幸的是，我沒有受傷。情急之下，我一把抓住了河中央的一塊**大石頭**。可那背包不知道被河水**沖**到了哪裏。

正在這時，呼救聲再次傳來：「**救命命命！**」

原來那東西還活着，我決心要救出它來！

我猛然想起了一直貼身帶着的徽章，趕忙呼叫起它來：

「徽章，快點想想辦法呀！」

　　話音剛落，從徽章裏射出了一道橙色**光環**，彷彿彩虹一樣晶瑩透徹，轉瞬間那光環就鋪在水面上，形成了一張發光的**網**，將背包托在水面上。

　　我拉住背包，手忙腳亂地好不容易游到岸上。還沒等我喘口氣，一個東西就蹭地**躥上**我的肩膀，高聲說：「謝謝謝謝謝謝，騎士，謝謝你救了我一命！我永遠永遠永遠不會忘記你的大恩大德！要是我忘了，我就詛咒自己的書頁全部爛掉！**以我第一冊大百科全書的名譽發誓！**」

　　我定睛一看，說話的原來是一本我在圖書館時見到的書。我好不容易將他從我脖子上拽下來，放到地上，疑惑地問：「你怎麼會在這兒？」

　　他拼命翻動着**濕漉漉**的書頁，結結巴巴地回答：「呃⋯⋯我想和你們一起走。我在圖書館好無聊，我也想來段刺激的**歷險**！所以，趁你不注意，我就偷偷鑽進了你的背包。」

　　我惱怒地責備他：「你竟然就這樣躲藏，險些害我倆喪命！你知不知道？」

第一冊
大百科全書

名： 第一冊

姓： 大百科全書

居住地： 學究院內的會說話的圖書館裏的第三排書架上的第五層。

身材： 大本精裝（對於一本書來說，這身材十分魁梧！），約有35毫米厚呢。

眼睛： 黑色眼珠，裏面透出狡黠的小火花。

書籤： 藍色絲帶（這可是身分的象徵哦！）。

封面： 皮面製成，上面還塗了考究的金粉呢。

作者： 末知。不過傳說是學究院院長拉皮斯教授年輕時撰寫的。

特點： 特別健談（有時候未免太健談啦！）。

最害怕的事： 自己的書頁被打濕。

他聽了我的責備立即哇哇大哭起來：「看吧，你現在生氣了！可憐的命苦的生不逢時的第一冊大百科全書呀：我冒着打濕自己 書頁 的危險，換來的是什麼呢？現在你們要把我趕走了⋯⋯嗚哇哇哇！」

我被他哭得心裏隱隱作痛，趕緊安慰他：「好啦，你可以加入我們的隊伍，成為我們的一員！」

他 開心 地一個箭步又躥上我的肩膀，死死地摟着我的脖子不放！

我把他放在一塊大石頭上，讓暖洋洋的陽光 曬 晾 他的書頁。他一邊哼着小曲，一邊快速翻動着書頁，好讓自己乾得更快更徹底。

太棒啦！

兩個，我有兩個消息……

我仔細地向四周張望：狹窄**幽深**的峽谷沿着河岸延伸着，火餤山就在眼前。

我將背包裏的東西通通倒出來，晾在陽光下快速地烘乾：有我換洗的衣服、夢想國的地圖，還有歌雅那枚珍貴的**徽章**。

這時我注意到：徽章上又有一顆寶石失去了光澤，變得**灰蒙蒙**的。

我輕輕地歎了口氣：我很欣慰，能用徽章救出**第一冊**大百科全書，可現在，徽章卻只能滿足五個願望了！好珍貴呀！

過了一會兒，羅博和愛麗絲氣喘吁吁地趕過來了。他們看到我竟然毫髮未傷，激動地緊緊抱住我。

騎士萬歲！

我剛要向他們介紹隊伍裏的新伙伴，不料，第一冊大百科全書已經跳到他們面前，激動地介紹起自己的身世和剛才的遭遇。

他告訴大家：自己一直夢想着成為一本偉大的

探險書！

等到他說完了，羅博攤開地圖，告訴我們：「我有兩個消息要告訴你們：一個好的，一個壞的。騎士，你想先聽哪個？」

「那個好的吧！」

「好消息就是：我們終於到達了火燄山腳下。」

我喝彩道：「太好了！」

我又戰戰兢兢地問道：「呃，那壞消息呢？」

羅博繼續說：「壞消息就是：我們必須要爬到火

137

燄山的山頂，才能弄清楚到底發生了什麼事！」

我抬頭仰望着那又高又**陡**的火山，不敢相信地**叫**起來：「什麼？什麼？你剛才說什麼？你居然要我們爬到山頂？我可有畏高症

我無法抑制地全身直打**哆嗦**。

第一冊大百科全書體貼地在我身邊呼拉拉地搧着**書頁**，為我輸送**氧氣**。然後，他又爬到我肩上，振臂高呼：「打起精神來，騎士，別害怕！我會幫助你，為你提供有價值的建議，別忘了，我可是百科全書哇！

「只要你閉上眼睛，別向下看就行了。我會捂住你的眼睛哦！」

我嘗試着按照他的話去做。我的頭直發暈，發暈，發暈……

我感覺彷彿坐上了一個旋轉木馬！

我別無選擇，只好手腳並用地向上爬去，時間彷彿在這一刻凝固了。

不知道過了多久，第一冊大百科全書鬆開了捂住我眼睛的手。我驚愕地發現，自己和伙伴們已經站在了火山之巔。

加油，騎士！

火燄山

這是夢想國境內最高的一座火山，位於地精國的西面。許多世紀以來，這座火山一直處於休眠狀態。可現在火山口冒出滾滾濃煙，這裏竟也成為地震頻繁的地區。真是好奇怪啊！

成百上千個邪惡的火山矮人

　　黑黝黝的火山口，張開大嘴迎接我們，一股**難聞**的黑煙從裏面冒出來。

　　我小心翼翼地趴在火山口旁，凝視着那幽深可怕的**黑洞**。我似乎看到許多細小的生物，在洞的底部蠕動着。

但那洞實在太深，濃煙熏得我再想細看也看不清楚了。我低聲向羅博求助：「我的朋友，你們精靈的視覺是最敏銳的。你能看到些什麼嗎？」

羅博做了個讓我安靜的手勢，他埋伏在洞口一動不動，為了讓視線更聚焦，他又細細地眯起眼睛。

過了一會兒，羅博終於開口了：「底下有什麼東西在動……等等，以我精靈的視力，我看到的東西簡直不可思議……」

他告訴我們：「好了，我看清楚了！但我簡直不敢相信自己的眼睛！我看到成百上千個面目邪惡的火山矮人，他們都留着像火燄一樣紅的大鬍子，還不斷地將一綑綑樹木填到熊熊燃燒的火燄裏，把它們當柴火燒！」

羅博用手遮在眼睛前，激動地渾身打顫：「他們竟用我們地精國的樹木來當柴燒！」

我輕聲安慰他：「我們一定馬上阻止他們，立刻行動！」

大家開始輕聲議論起來。

143

「這些火山矮人究竟是誰？」

「為什麼他們要**焚燒**地精國的樹木？」

「難道這就是造成地震的原因嗎？」

呃……呃……

第一冊大百科全書清清嗓子，開始發言了：「呃，呃，如果你們允許，我建議你們閱讀我**書頁**上的文字！我謙虛地告訴大家，我懂得很多，非常多，所有你們想要知道的……」

愛麗絲插嘴說：「親愛的朋友，那還客氣什麼，快教教我們你懂的知識吧。」

第一冊**不情願**地哼哼：「哎呀，你急什麼呀？我這就告訴你們！總之總之總之……我們來看看……在這兒呢，矮人章節的部分……樹林矮人……火山矮人！找到啦！」

第一冊得意地把書頁攤到我的鼻子下面，催促著我們閱讀關於**火山矮人**的篇章。

「在這兒，你們好好學學知識吧！在我的書頁間，有着所有你們想要和需要知道的奧秘！」

火山矮人

　　火山矮人居住在火山底部，以吃火山灰和熔岩渣為生。他們喜歡高溫和黑暗，最大的願望就是讓熄滅的火山蘇醒。他們在火山底部堆磚窰，生起熊熊大火，並咚咚地擂鼓，來威懾敵人。火山矮人的領袖叫做岩漿四世，擁有古老的火山愛人貴族血統。他又被稱為「閃電領袖」、「火山礫君主」，他的太太是硫磺王朝的煤炭三世，又被稱為「熔岩女皇」。

　　火山矮人們性格暴躁，十分危險，他們唯一害怕的東西，就是水！

聽到這些信息，我們有些**沮喪**地坐在地上，討論下一步的方案。

焦急的愛麗絲先開口了：「我們必須制定一個計劃，火山矮人數量太多了，我們根本沒辦法制服他們！我們只有四個，他們卻有**成百上千**個，我們怎樣才能以少勝多呢？」

羅博在一旁思考，並不停在地上比劃着：「嗯……嗯……嗯……火山矮人唯一恐懼的，就是**水**……」

羅博拍拍腦袋：「我們需要水，很多水！有了水，我們就能熄滅火山底部的大火，以此來制服他們了！」

我急忙問：「可我們要從什麼地方，才能弄到那麼多的水呢？」

羅博開始仔細地給我們分析：「我知道我們應該去找誰：一位海盜！我認識**『暴風雨船長』**，他是江湖上令人膽戰心驚的大盜，駕駛着叫『青銅之錨』的空中飛船，率領着一羣可怕的水手們，在空中遊蕩，到處捕捉閃電，激起暴風雨。所有人一聽到他

的大名，就都被嚇得渾身顫抖……」

　　愛麗絲半信半疑地插嘴說：「他們那麼厲害，但是他們肯幫助我們嗎？」

　　羅博**神秘**地一笑：「別擔心，朋友們，我很清楚自己在說什麼！我曾經幫助過『暴風雨船長』，我相信他一定願意助我們一臂之力。」

　　我忙插話：「可是我們怎麼才能找到他呢？你不是說他駕駛着飛船在**雲間**穿梭嗎，我們怎麼能趕上他呢？」

　　愛麗絲聽我這麼問，直起身驕傲地說：「這沒問題，看我的！」

　　她隨即吹起了**銀色長笛**，不一會兒，一條巨龍從遠處翩然飛來，原來正是她的坐騎——火花。

　　我們幾個趕快爬到了火花背上，即刻，巨龍便載着我們像風一樣在雲間穿行。

　　第二天清晨，我們剛剛降落在一處空地上，我突然聽到上方傳來一聲高喝：「快點放下錨！」

　　話音剛落，一個青銅大錨「砰」地砸到我旁邊的地上。哇，這不正是傳說中的**「青銅之錨」**嗎？

哎喲喲！

歡迎登上
「青銅之錨」海盜船！

　　可怕的海盜船，在空中橫行得能讓你十分恐懼的飛船，可以肆意掀起狂風，砸下冰雹，瞬間暴雨傾盆！

1. 熱氣球，裏面充滿了沒用的廢話（重量比空氣還輕哦！）
2. 船尾的主螺旋槳
3. 船側的次螺旋槳
4. 貯藏閃電的容器
5. 暴風雨船長的臥房
6. 防風翼
7. 攪拌機
8. 捕捉閃電的機翼
9. 船頭裝飾像
10. 發射天線
11. 噴灑暴雨的巨型水箱

雷聲和閃電！

船上，傳出如巨雷一般響亮的聲音。

「**兄弟們們們們們們們們們們們！**

還不快快歡迎貴客上船！」

緊接着，船上傳來無數恐嚇般的大笑聲，聽得我渾身的毛都要豎起來了。

啊哈哈哈哈！啊哈哈哈哈！啊哈哈哈哈！

我問羅博：「你肯定我們上去沒有危險嗎？我可不喜歡那船長稱我們是『貴客』時的語氣呀……」

正在這時，船上的伙計們齊聲喝道：「遵命，**船長！**聽你的，**船長！**馬上做，**船長！**」

緊接着，一條繩梯從船上快速放了下來，我們幾

個戰戰兢兢地爬上了這艘古怪的飛船。

　　我留意到船體是由不知何處弄來的木頭拼湊而成的，船身的金屬板已經 鏽 跡 斑斑。

　　當我們中的最後一個伙伴爬上甲板後，我們驚訝地發現，一羣可怕的 怪獸 將我們緊緊地包圍住了。他們那極其兇惡的面龐，完全超過了我們的想像，簡直像噩夢一樣！

我哆嗦着環視四周，清點着怪獸們的數量。他們是：

75隻章魚怪，他們長着章魚的腦袋，揮舞着散發出**黏液**的觸手；

93隻鯰魚怪，他們身上布滿了黑漆漆堅硬的**鱗片**，眼睛又小又狡猾；

67隻石頭人，他們的身體是**花崗岩**做的，能令刀槍不入；

362隻蜘蛛精，他們眼裏射出**貪婪**的光，神奇地揮舞着八條腿，嘴裏發出可怕的**嘶嘶聲**⋯⋯

還有一些稀奇古怪的怪獸，我甚至叫不出他們的名字，他們的表情看起來都很猙獰！

站在所有怪獸前面的，就是「**暴風雨船長**」，只聽他雷鳴般的吼聲又響起來了：

「歡迎登上『青銅之錨』海盜船！」

章魚怪

鯰魚怪

石頭人

蜘蛛精

他的眼睛冒出熊熊**火花**，高聲吆喝着指揮部下：「來呀，快把這羣間諜扔進監獄！包括昨天那個派巨龍來打探我們行蹤的金髮小姑娘！」

我試圖解釋：「聽我説，**船長……**」

可他卻一下子打斷我：「你，你這個賊眉鼠眼的小東西……你就是江湖上傳説的那個『**邪惡膽小的騎士**』吧？哈哈，趕緊準備好嘗嘗我的大牢的滋味吧！」接着他又一聲令下：「將他們全部投進**監獄！**」

我急着分辨插嘴説：「船長先生，第一，我在江湖上的稱號是『**正直無畏的勇士**』；第二，我們這次來是有緊急的任務，要請你……」

船長踩着腳，大吼一聲：「你快給我住嘴！」

隨着他的一聲吼叫，幾百條布滿黏液的**觸手**抓住我們的身體，幾百條花崗岩的胳膊抬起我們，把我們丟進了**黑暗骯髒**的監獄裏。

愛麗絲氣呼呼地縮在監獄的角落裏。

她氣憤地説：「羅博，你的計劃根本就沒有用！你説過暴風雨船長會幫助我們，可現在呢？我們全部被當做**間諜**關進了監獄！幸好我的坐騎火花逃得快，剛剛趁亂飛走了！」

羅博神秘地笑笑：「你別急着下結論嘛，你的脾氣就像巨龍噴出的火球一樣**爆！**」

接着，他壓低嗓音説：「雖然暴風雨船長看上去很**兇惡**，但實際上他心地卻很忠厚：他不會忘記我曾經幫助過他的！」

「你懂得什麼是忠厚？」愛麗絲憤怒地轉過身去，不理羅博了。

羅博也氣得**板起面孔**。

我趕緊周旋勸解道：「別吵了，朋友們！」

第一冊也不知所措地嘩嘩翻着他的書頁：「你們想知道詞典裏『吵架』的含義嗎？聽聽這一條：為了不重要的事發生的口角，並不能解決問題……」

可愛麗絲和羅博背對背站着，兩個人臉色都氣得鐵青。

現在，我們的處境太**悲慘**了。

我們全部被關進了監獄，而伙伴間還吵得不可開交：我們還能完成那神聖的使命嗎？

人不可貌相……

第二天清晨，兩隻章魚怪用他們又粗又大的觸手，將我們幾個裹在**黏糊糊**的觸手裏，將我們綑得個結結實實的，然後蠕動着向前走去。

兩隻章魚怪將我們帶到**暴風雨船長**的審訊室。等待我們的將是什麼呢？

我真的好害怕呀！

章魚怪們拉開艙門，將我們大家全都丟進去，並惡狠狠地威脅我們：「現在讓你們嘗嘗我們船長的厲害，你們這些爛**間諜**！他會把你們打得滿地找牙！」

暴風雨船長也不住地拍着手，高聲讚道：「幹得好，百腳仙和圓頭腦，你們真是我的左膀右臂！現在我要親自拷問這幾個壞傢伙！」

章魚怪們滿意地哼唧着，退了出去。我斷定，船長很快就要對我們進行嚴刑拷打了。這麼想着，我的鬍鬚被嚇得不住地**頭抖**起來！

羅博挺身站在愛麗絲前面，像是隨時準備保護她，我也緊緊地摟住第一冊。暴風雨船長一臉壞笑，手提一根**皮鞭**，舞得啪啪作響。我閉上了眼睛，瑟瑟發抖地等待皮鞭的落下。可好久過去了，什麼也沒發生。我驚訝地一點一點地睜開雙眼，看到了不可思議的一幕……

只見船長躡手躡腳地湊到艙門旁，他確認門外沒有誰在**偷聽**，便放下心來，隨手旋開一台老式留聲機，即刻從裏面傳出一陣陣可怕的毆打聲和求救聲，這些似乎是從哪部**恐怖**電影裏翻錄下來的。

船長滿意地笑起來，對我們説：「好了，現在我們可以放心談話了，各位請坐吧！」

他又用手按下刑訊桌下面隱藏的**按鈕**，伴着一聲嗡嗡作響……

從地板下方突然彈出幾個舒服的**沙發椅**，下面連着精巧的開關。隨着另一聲嗡嗡響，房間中央又彈出一個小餐桌，上面鋪着一塊亞麻桌布，各種美味的點心擺在上面。哇，我的口水都要留下來嘍！

桌上還配置了一把陶瓷**茶壺**，以及為我們每一個準備的茶杯。

暴風雨船長開懷大笑：「你們怎麼一個個沒精打

采的**死魚**樣？現在我來告訴你們這一切……聽我說，我可不能破壞自己在江湖上的名聲！大家都認為我是個**邪惡**、**冷酷**又**無情**的人……我希望他們一直相信下去！你們也不會洩露這個秘密，對嗎？」

　　我們恍然大悟，連忙向船長保證：決不會透露任何信息。於是他繼續說道：「現在我要告訴你們我十分古怪的身世：我出生在一個**海盜**世家——我的父親是*海盜*，我的祖父是*海盜*，我的曾祖父是*海盜*，我的媽媽也是*海盜*，就連我的兄弟和姐妹，也都成了*海盜*……嗚嗚嗚，只有我，從小**心腸**就特別軟，對於一個*海盜*來說，我的心太軟了。」

　　船長說到動情處，竟然哇哇大哭起來：「哦，我的人生真悲劇！我為了不給家族丟臉，只好一直裝出兇惡無比的樣子。只有在朋友面前（就像現在這樣），我才能真正做回自己。」

　　船長拜託我們：「你們該不會把這個秘密告訴別人吧？否則，我的那些**怪獸**手下今後就再也不聽我的話了，那我可就失業啦。」說完他如同卸掉了沉重的包袱一樣輕鬆，長長地歎了一口氣，「和你們說出這心裏話，我現在的感覺好極了。可現在我要出發了。離這裏三十公里處，有一座島嶼，已經幾個月沒下雨了。那邊的百姓們心急火燎的，都在祈雨呢。否則莊稼都要枯死了……」

暴風雨船長

暴風雨船長出生於一個以冷酷聞名的海盜世家。為了不讓父母失望，他只好對外板起面孔，強裝出一副兇惡無情的樣子。而事實上，他卻有一顆比乳酪還柔軟善良的心！

他駕駛着名為「青銅之錨」的飛船，在天空上航行。他的手下是一羣面目猙獰的怪獸，都認為他們的船長是個惹不起的大人物。他們在天空上四處捕捉閃電。

暴風雨船長指揮着飛船，在夢想國的天空四處遊蕩。哪裏長期乾旱，他就駛向哪裏，為那一帶喚來暴風雨，以解決百姓缺水的嚴重問題……可他平時卻把這些秘密深藏在心裏，很少告訴大家。

羅博代表我們幾個和船長說：「朋友，請你別擔心，你的**秘密**我們是決不會吐露半個字的。可你能否幫我們一個大忙呢？」

　　船長捋了捋鬍鬚，沾上他鬍鬚的餅乾渣掉了下來，他一臉困惑地嘟噥着：「呃，說說看，我能幫上你們什麼**忙**呢？」

呃……

　　第一冊忙解釋道：「為把意思表達得更精確，就由我這個精確的百科全書來精確地解釋吧：這次我們來的任務，就是要將**火焰山**內邪惡的火山矮人們生起的大火，徹底熄滅掉。」

　　一旁的愛麗絲又補充道：「我們相信是這些矮人導致了地震，並綁架了歌雅——仙女國皇后芙勒迪娜的妹妹！我們經過調查，得知歌雅被帶到了這附近。」

　　船長又摸摸**鬍鬚**，沉思片刻後說：「好吧，我願意幫助你們：我從不好意思拒絕困難中的朋友！」

　　羅博得意地對愛麗絲擠擠眼睛，似乎在說：「你看，我說的沒錯吧……」

可愛麗絲聳聳肩，裝作不在意地哼了一聲。

船長說：「現在我會重新調整方位，向火燄山前進，在那兒痛痛快快地下場**大雨**，將大火統統熄滅！」

羅博分析說：「這倒是個好主意，不過一旦我們將傾盆大雨灌進火山口，會不會讓歌雅一同置於**危險**中呢？」

暴風雨船長連連搖着腦袋：「不會的，我想歌雅應該沒被關在火山內。」

愛麗絲又疑惑地問：「暴風雨船長，你怎麼會肯定她沒關在火山裏面呢？」

我說的沒錯吧！

哼……

「有一天夜晚，我一個人到甲板上查看時，看到地面上有幾個**可疑的身影**架着一個少女，在匆匆趕路。他們朝着火燄山西面而去。我那時本想探個究竟，可我的飛船沒法啟動，因為那天夜裏一絲**風**也沒有！」

我連忙補充説：「船長，你説的也有道理，不過，我們還是確認一下比較好。等到你掀起暴風雨時，我們幾個**趁亂**潛下火山，探個究竟，確定歌雅是否被關在火山裏。」

大家一致點頭同意，我們就這樣説定了。船長直起身，再三叮囑我們説：

「現在，我又要恢復到那個**面目兇惡**的船長身分啦：我會大吼大叫，假裝審問你們，而你們也要裝出害怕我的受氣包模樣，知道嗎？」

他按了按按鈕，隨着一陣嗡嗡聲，房間裏剛才還有的可愛的擺設通通消失了：沙發椅、小餐桌、美味點心和茶具。船長又隨即關掉了一直放出可怕叫聲的**留聲機**。

他拉開艙門，得意洋洋地大吼一聲：

「兄弟們，
罪犯們
已經招供啦！」

大幹一場

　　不一會兒，兩個章魚怪就回來了，重新用**黏糊糊**的觸手牢牢地纏住我們，將我們一個個地拎到甲板上。只見，全體怪獸都站在那兒，個個興奮地看着我們直搓手跺腳。

　　當暴風雨船長在甲板上現身時，他又恢復了最初**兇惡的**面孔。

　　他的怪獸海盜們高聲呼喊道：

　　「**船長萬歲**！偉大的暴風雨船長，天空中的惡魔！」

缺牙仙　　石頭臉

斜眼呆　　橫行霸

隨後，他們揮舞着毛茸茸的爪子，打着拍子齊聲歌唱：

  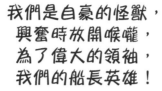

我們是自豪的怪獸，
興奮時放開喉嚨，
為了偉大的領袖，
我們的船長英雄！

他是天空的惡魔，
他是難解的謎團，
他的鞭子比風還快，
他的吼聲讓你喪膽！

萬歲，萬歲，萬萬歲，
偉大的暴風雨船長，
是我們永遠追隨的偶像！

百足精　　　　　鐮鈎金手　　　　　鷹鈎嘴

待怪獸們的歡呼聲漸漸平靜下來，船長振臂高呼：「**兄弟們們們們！**掀起暴風雨的水手們！看到我們正下方的那座火山了嗎？現在我們要大幹一場，掀起一場暴風雨雨雨！你們滿意嗎？」

怪獸們齊聲叫好：「好啊啊啊啊！大幹一場！」

儘管，我知道暴風雨船長是故意擺出一副兇狠的嘴臉，可我仍然很害怕……

第一冊也嚇得封皮都有些**變白**，他緊張得渾身**發抖**。

哎喲喲！

我要暈了！

「我的書頁在發抖，我的墨水在褪色，我覺得自己要暈……」話還沒說完，他就「砰」地一聲暈倒在地上，重重地壓住了我的**尾巴**。

伴着巨大的嗡嗡聲，所有的機器開足馬力，**傾盆大雨**從儲存器裏瘋狂地噴湧而出，隨後，**冰雹**、**雷聲**和**閃電**輪番轟炸起來！

剎那間，暴風驟雨席捲了火燄山上空，**狂風**搖得飛船來回搖晃。我竟有些**暈船**了，不對，應該說是暈風才對，總之，我的感覺真是糟透了！

但我還是盡力打起精神，因為現在我們要執行最重要的任務了：潛入**火燄山**，去尋找歌雅。

從飛船上丟下去的一條繩梯，在風中不住地搖擺，我們沿着繩梯搖搖晃晃地向下爬去！

謝天謝地，我們總算安全地在火山口降落。羅博緊緊趴在火山口的邊緣，仔細地向裏面張望，果真看不到一絲絲火苗的痕跡：暴風雨船長掀起的暴雨，真將熊熊大火給撲滅了。

而且，大雨還順勢趕走了驚慌的火山矮人們，要知道他們最怕**水**了：矮人們通過那條自己才辨認得出的**地下通道**，一個個逃跑活命去了。

這時，飛船青銅之錨也停止了傾瀉大雨。飛船穩穩當當地停在半空中，彷彿雲朵中的一片羽毛。片刻之後，空中現出一道

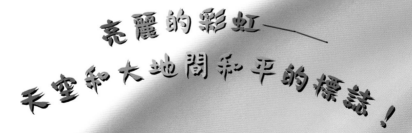

亮麗的彩虹——
天空和大地間和平的標誌！

大幹一場

　　我們爬進了火山，一直 **下探** 到火山的最底層，但卻還是沒有尋找到和歌雅有關的一絲痕跡。也許船長說的對，歌雅被他們帶往朝西的方向了……可到底是誰，又是為了什麼而綁架了歌雅呢？

　　就在這時，地表又開始微微震動了：又一輪 **地震** 開始了！我非常驚訝和疑惑：現在火山內部的火燄已經熄滅，火山矮人也已經逃走了，為什麼大地仍會 **震動** 呢？

　　我正在琢磨，大地劇烈地震顫起來，同時地表裂開了一道大口子。羅博和愛麗絲躲閃不及，瞬間就掉到了漆黑的 **裂縫** 裏。眼見情況十分緊急，我趕快掏出徽章，大喊一聲：

「徽章，快想想辦法！」

　　只見一縷耀眼的 **黃光** 從徽章裏射了出來，彷彿一條柔軟的繩網，將羅博和愛麗絲團團包裹住，就像浮在海面上的一條船。

　　就在這時，我感到身子在向下墜，同時我的頭部撞到了一塊大石頭，我兩眼一黑，頓時失去了 **知覺**。

從這一刻開始，我

黑⋯⋯⋯黑⋯

黑⋯⋯⋯黑

麼也看不到了！我眼前一黑……

　　恍恍惚惚間，我醒了過來，我覺得自己呆在一個漆黑的通道裏面。在**通道**的盡頭，我看見有一道神奇的藍光在微微閃爍，但只是看得見，卻怎麼也夠不到……

　　我摸索着終於抵達了隧道的底部，我睜開眼睛……我終於醒了！

　　我揉揉眼睛，充滿疑惑地張望着陌生的四周：此刻我已經置身於一個**藍色水晶**房間裏的**藍色小牀**上，身上蓋着柔軟的**藍色牀單**。

　　我這是在哪兒啊？

　　我推開 藍 色 的 小 窗 ，頓時明白了……

原來我正置身於布魯布格，**藍色獨角獸之城**！

藍色
獨角獸之城

歡迎來到
藍色獨角獸
之城！

布滿魔法噴泉的王國！
1. 芳草牧場
2. 夢想橋
3. 和平噴泉
4. 蔚藍星皇宮
5. 晴朗噴泉
6. 天藍瀑布
7. 唱歌瀑布
8. 藍寶石
9. 天藍湖

熱烈歡迎，騎士！

我正在有滋有味地欣賞**布魯布格**——藍色獨角獸之城的美麗景色，身後的門「吱呀」一聲**打開**了，朋友們衝了進來：羅博、愛麗絲、第一冊和暴風雨船長。他們興奮地圍住我緊緊擁抱：

你還好嗎？

「**太棒啦！**」

太棒啦！

「你總算醒了，騎士！」

你總算醒了！

「我正擔心你呢！你還好嗎？」

以閃電和暴雨的名

「以**閃電**和**暴雨**的名義，你總算睜開眼睛了，你這個瞌睡蟲！」

我越發糊塗地詢問大家：「事情怎麼樣了？我怎麼到這兒來了？」

愛麗絲驚訝地說：「你不記得了嗎？那我從頭告訴你吧！在火燄山地震時，我和羅博差點跌進深淵裏，幸好你用歌雅的徽章救了我們！」

我低頭看看徽章：沒錯，有三顆寶石已失去了晶瑩錚亮的光芒，因為三顆寶石已經實現了三個願望。

第一冊不住地誇讚我：「騎士，你真是個英雄，一個大英雄！大是大寫的大，一個大寫的英雄！」

我疑惑地搖搖頭：「呃，雖然你這麼說，可我還是什麼都不記得了！」

羅博微笑地看著我：「你當時只顧著救我們，自己卻沒注意跌進了裂縫，腦袋撞到了一塊大石頭，然後就整整昏迷了三天三夜！」

暴風雨船長撇撇嘴：「哎，把你從裂縫裏救出來

188

這就是我昏迷後所發生的一切……

① 我跌下懸崖，一頭撞到了石頭！

② 暴風雨船長趕快向我投下一隻魚叉……

③ ……一下子勾住了我的護尾！

④ 伙伴們把我抬進了布魯布格城！

可真不容易，騎士！我當時趕快投下一隻**魚叉**，希望能勾住你。沒想到……嘿嘿，不好意思，我把你的**尾巴**給刮傷了……」

　　我轉過身，這才發現尾巴上，不知什麼時候已被厚厚地纏上了一層層的**繃帶**。

　　我渾身一抖，三步並兩步地奔到鏡子前，凝視着鏡中的自己：原來我的腦袋和耳朵上也纏着繃帶！看上去活像個**木乃伊**。

什麼麼麼麼？

見我這樣，愛麗絲便輕聲地向我解釋：「我們用魚叉勾住你後，趕快將你運到船上，一路疾駛過來。要知道：藍色獨角獸的王國有夢想國裏最棒的療傷藥！」

　　第一冊也快步走上前，告訴我：「藍色獨角獸王國裏，最有名的神醫是他們的國王：正是他親自為你診治，那可是國王親自哦……這是多麼大的榮譽啊！」

　　正在這時，一隻身穿宮廷禮服的獨角獸，邁進我住的銀光閃閃的房間，大聲宣告說：

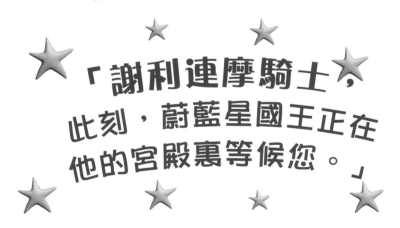

「謝利連摩騎士，此刻，蔚藍星國王正在他的宮殿裏等候您。」

救命，我把自己裹成木乃伊了！

伙伴們各自離開房間，我開始整理着裝，準備去見蔚藍星國王。

第一冊一直和我呆在一起，和我細細地嘮叨着他所知道的獨角獸宮廷禮儀和習俗。

他激動地翻着書頁，翻到藍色獨角獸的那一章，指點給我看，臉上掛着勝利的笑容：「**就在這兒，騎士，快讀啊！** 好好學習這些禮儀吧。哦，要是沒有我在……」

就在這兒，快讀啊！

長着翅膀的
蔚藍星國王

蔚藍星國王，來自於長着翅膀的信風家族，是獨角獸王國的統治者。他守護着巨大的藍寶石，這可是王國智慧的象徵。同時，他還守護着獨角獸王國珍貴的秘密：在王國裏，分布着許多充滿靈氣的噴泉，泉水能夠治癒身體和心靈的創傷。美中不足的是，藍色獨角獸王國還缺少一位皇后：蔚藍星國王仍在期待，盼望他命中注定的伴侶能快點出現。為了表示對國王的尊重，這個王國的臣民上朝時，都要把自己的鬃毛打理得乾淨油亮後，穿上神奇的披風，向國王三鞠躬，直到頭碰到地板，才算虔誠。而當他們退朝時，必須是身體正面朝向國王，然後快步後退着離開皇宮。

救命，我把自己　　　裹成木乃伊了！

　　初次見面，為了給國王留下好印象，我認真地洗了澡，刮鬍子，又仔仔細細地將鎧甲擦得閃閃發亮。可我剛想穿上它，卻發現怎麼也穿不進去了：因為，此刻的我全身纏滿了厚厚的繃帶！看來，我別無選擇了：要不，我只能穿着一身睡衣上朝，要不，我就必須解下繃帶。

　　我很擔心自己會受傷⋯⋯

　　第一冊馬上來幫助我：「讓我來幫你解開繃帶！」接着，他抓住繃帶的一頭，一邊往下拉，一邊圍着我飛速地轉着圈。沒過幾秒鐘，繃帶就從我身

哎喲⋯⋯

我試圖解下繃帶，卻怎麼也夠不到尾巴⋯⋯

哎！

我來想辦法！

第一冊馬上來幫我解繃帶⋯⋯

194

上全部扯掉了，結結實實地纏到第一冊身上，活像個大蠶繭！

哦，哦，哦……

……幾秒鐘內，他便被裹在一團團繃帶裏面！

「**救救我，放我出來**！我快變成木乃伊啦！」第一冊被裹在從我身上解下的一團團繃帶裏，我足足花了半小時，才將他從中掙脫出來。這時，我意識到大事不好，和國王的約會要遲到了！

我飛快地套上鎧甲，快步向屋外**奔去**，第一冊則像影子似的緊跟在我身後。

我被他煩得大聲地抗議道：「你幹什麼？為什麼總跟着我？總像個**小尾巴**一樣？」

「因為我想要記錄這一切！我要做筆記！如果我想要成為一本偉大的歷險書，我就不能錯過這故事裏的任何一秒鐘！**別趕我走**，騎士，我可不會讓步！」

我唾沫橫飛地好不容易才說服他，只陪我到宮殿外，然後乖乖地等在外面，別再給我**添亂**。

他也竭力分辨着：「我可是一本有**檔次**的書！看，我的書頁由於歷史久遠都已經泛黃了。我經歷了歷史長河的滄桑。我這番話可是用黑體字對你說的，要是你再不尊重我，我就要換成*斜體*和**粗體**啦！」

不過，當我們到達宮殿前時，他竟乖乖地很快停下腳步，和我説聲再見後，就離開了。這傢伙到底在**謀劃**什麼呢？

我將鎧甲擦得閃閃發亮，恭敬地面對獨角獸國王鞠了個180度的大躬，鬍子鬍子都觸到地板上了。

「謝謝，陛下，謝謝您治好了我的傷……」

蔚蓝星——獨角獸國王答道：「你沒必要感謝我，這是我應該做的：因為我也希望你們完成使命！

現在，我要告訴你關於我們王國的秘密……」

就在這時，我身後的窗簾裏突然傳出響亮的一聲：

「乞嗤嗤嗤！」

我一把撩開窗簾，躲在

196

後面的正是第一冊！

他又打了個噴嚏：「乞嚏嚏嚏！不好意思……我書頁裏的灰塵太多啦！」

國王嚴肅地望着他，第一冊的臉變得通紅，含糊地說：「呀，順便問下，你們看見我掉落的書籤了嗎？哦，在這裏……」

他裝作是從地上撿東西的樣子，蹦蹦跳跳地溜走了，彷彿什麼都沒發生一樣。

救命，我把自己　　裹成木乃伊了！

　　第一冊剛走遠後，蔚藍星國王便馬上說：「騎士，請跟我來，讓我把獨角獸王國的秘密全都呈現給你。」

　　他一路步伐飄逸地奔出**宮殿**。

　　我撒開雙腿，在他後面直追，可他簡直像風一樣快：「陛下，呼呼……等等我……」

　　我跑得上氣不接下氣，總算趕上了他，我們飛快地來到一片碧綠柔軟的**青草地**，只見草地上到處布滿了大大小小形狀各異的**噴泉**。

陛下，等等我！

198

為了趕上他的步伐，我只顧看着腳下一路快跑，卻不曾注意草地上布滿的路標，「砰」的一聲迎面一頭撞在路標杆子上，「噗」的一聲跌倒在地上。

真丟臉！

還好，草地上的草很柔軟……

我急匆匆地想把那些撞斷的 路 標 接到原位，可越急越手忙腳亂，怎麼也接不上。

獨角獸王國的秘密

就在我重接路標杆子時，我注意到路標上的名字都很**古怪**：

青春泉

真愛泉

記憶泉

遺忘泉

力量泉

健康泉

勇氣泉

聰明泉

真相泉……還有好多好多，我一下都記不清了！

天知道！我是不是把這些撞斷的路標接回到了原來正確的地方？

但我沒時間再仔細琢磨了：蔚藍星國王已經走遠，我必須得快點**追上**他！

遠遠地望去，我看到羅博和愛麗絲正在那兒練習劍法。

　　他們兩個表情非常認真地站在一個噴泉池邊，一邊保持平衡，一邊靈巧地揮舞着手中的劍。

　　他們的步伐敏捷又輕盈，疾速躲閃身體，就好像是在刀尖上跳舞。

　　我偷偷溜到他們身後，大喊一聲：

　　「嗨，伙伴們！」

　　猛地這一聲，令羅博和愛麗絲大吃一驚，身體竟一下失去平衡，兩個人胡亂在空中揮舞着手臂，然後只聽見「撲通」一聲……

　　……他們倆都摔進了噴泉池裏！

　　他們倆渾身都濕透了，尷尬地相互注視着……

　　愛麗絲的臉紅得像火燒雲，羅博的目光變得非常、非常、非常奇怪……

　　空氣中瀰漫着一種奇特而甜蜜的香氣……

202

我尷尬地連聲道歉：「哦，對不起，我不是故意的……」

然後，我趕緊邁開大步，去追趕蔚藍星國王了。他還在邊走邊興奮地講着，絲毫都沒有留意到我已不在他身旁。

我累得氣喘吁吁，就像個噴氣火車頭，在一番狂跑後總算趕上了國王。

「呼……呼……我在這兒，陛下。請原諒，我沒聽見您剛剛說的最後兩千字！」

「請原諒，騎士，我很粗心，竟忘記了你們鼠類的步伐要比我們慢多啦。現在，跟我來吧，看看我們王國最寶貴的秘密……」他壓低聲音說：「在藍色獨角獸王國，到處都布滿了活泉水，可以治癒各種疾病。每個噴泉都有獨特的療效：有的賜予你勇氣，有的給你力量，有的使你遺忘，有的使你牢記……甚至還有的，讓你領略到生命的真愛……

「在這裏，你好像只看到十幾個噴泉，而實際上，我們的城市裏布滿了成千上萬個溫泉。不過，請**注意**不要用錯噴泉種類，更不能用錯劑量，不然麻煩事可就大了。」

我低聲**嘟噥**着：「呃……天知道愛麗絲和羅博，落進了哪個噴泉？」

我正想問問國王，可他卻很有興致地邀請我：「現在，其實，看看這個**真相泉**吧。有時候，它會向心靈正直的人，揭示事物背後的真相。」

我的眼前是一圈石頭圍成的噴泉池，石頭上用夢想語**刻**着兩行字：

你能讀懂它們的意思嗎？*

*可以參考324頁的夢想語詞典哦！

205

蔚藍星國王耐心地為我翻譯上面的話：

——看一看，你就會明白……

然後，他便催促我說：「鼓起勇氣，騎士，看看泉水，你就會明白！」

我猶豫着一步步地走上前去，又緊張又激動，鬍子都豎了起來：

「呃，我可不確定自己想看到真相……」

我鼓起勇氣，走到泉水池邊，注視着平如鏡面的池內。

起初我什麼也沒看見，可隨後國王用他那金色的犄角，不斷地攪動了水面，剎那間，池子中心泛起一絲漣漪。

當池內的泉水重新平靜下來，一些影像開始在如鏡的水面顯現出來。我看到了十分古怪的生物，驚訝地瞪大了眼睛……

水中奇怪的影像

　　噴泉水映出的影像，是一羣泥土般灰蒙蒙的 **生物**，正在黑黝黝的地下通道裏爬行，吃力地搬運着石塊。

　　他們的身上，散發出縷縷 **黑煙**，彷彿有毒的霧氣……

清晰的畫面很快又**模糊**了，隨後，另一幅景象浮現在水面上……

我看到一個女孩，正拚命地試圖掙脫身上的**繩索**，而她身邊的大地在猛烈地震動着……

那個女孩，不正是我們苦苦要找的**歌雅**嗎？

歌雅！

原來她被囚禁起來。

我激動地站起來，大聲喊道：「歌雅，歌雅公主！」

看到她不斷掙扎的那可憐樣子，我的眼眶濕潤了。

我們必須立刻行動起來：歌雅看上去已經非常**虛弱**，似乎**病**得很重。

我們向王國走去，我的腦中浮現出無數**可怕**的設想，以及無數個問題。

我焦慮地問自己：「那些混着**泥土**，在**地下**匍匐爬行的生物究竟是什麼？他們兇惡嗎？而歌雅呢，她到底被誰囚禁，囚禁在哪裏呢？」

蔚藍星國王輕輕地歎了口氣。

「很遺憾，我也猜不出歌雅被關在哪裏，不過，我倒認得這些生物：他們是陸生國的**深淵矮人族**，一羣能幹的礦工。他們倒不壞，但性格暴躁多疑。特別喜歡在地下勞作。」

我嘟嚷着：「好奇怪，他們看上去一點也不開心，相反，卻有些悲傷……」

蔚藍星國王點點頭：「沒錯，這確實很奇怪，非常奇怪。通常深淵矮人在勞作時，會開心地**哼唱**好聽的歌曲。據說他們唱的歌曲能讓石頭都變軟，這樣就方便他們採礦了。」

我搖搖頭：「哎，我真弄不懂**到底**發生了什麼事。如果我在噴泉池裏看到的景象是真的，那麼歌雅現在肯定急需救援！我們必須馬上出發才對。」

蔚藍星國王謹慎地點點頭：「但現在已經是傍晚了。你們最好明天清晨再走：在**夜晚**行走會十分危險的！」

「你說的對，陛下……」

「今晚，我會為你們準備食品、衣服和必須的裝備。如果你們不嫌棄的話，我想為你們舉行一個歡送宴會。在你們出發前，我們一起共晉晚餐吧！」

我接受了國王的好意，由他來為我們準備全部裝備：畢竟我們在瀑布裏，丟失了所有帶來的東西。

蔚藍星國王引領我回到宮殿，我邊走邊思考，一直到踏進宮殿大門。

蔚藍星國王將我們引入一個擺滿酒席的大廳。

這時，我才意識到自己餓得心發慌：我昏迷了整整三天後，到現在連一丁點食物還沒碰過呢！

我三步併作兩步地竄到餐桌邊，口水流了一地。

可是，當看到為我們準備的「盛宴」時，我的心都碎啦！

我真不想相信自己的眼睛……

餐桌上擺放着牲口槽形狀的碗，裏面填滿了清新的稻草。旁邊的水壺裏罐滿了青草汁，湯碗裏盛

着綠油油的**三葉草湯**。

蔚藍星國王遞給我一個高腳杯，「嘗嘗這個，騎士，別客氣！這是**藍色旋花科**植物釀成的汁，在我們獨角獸王國，它是十分受歡迎的飲品。喝了它以後，渾身都會發出美麗的藍光。」

祝你胃口好，騎士！

好奇怪的菜單！

好餓！

我**禮貌**地婉拒了他的好意：我可不想變成一隻藍皮鼠，儘管這顏色在獨角獸王國很流行！

我可是愛惜**毛皮**的文化鼠啊！

哎喲……

我硬着頭皮嚼了嚼面前**碗**（或者説是食槽）裏的稻草，簡直是難以下嚥。

而且草葉嵌進了我的門牙縫裏，摳也摳不出來！

這可怎麼吃喲！

愛麗絲和暴風雨船長的表情看上去也很痛苦。他們吃力地嚼着草葉，好不容易才嚥下去了。

好美味！

唯一一個吃得有滋有味的，就是**羅博**啦：他畢竟曾經被魔法變化成白鹿，所以十分習慣食草動物的生活呢！

第一冊低聲嘟囔道：

「討厭，討厭，難道就不能吃點別的嗎？討厭，討厭，我又不是**食草動物**！」

我又不是食草動物！

就是嘛，我們和獨角獸吃的食物完全不同！

我下意識地在心裏盼望着嘗到熟悉的味道：鬆脆的**麵包**，散發濃鬱香氣的**芝士**，熱氣騰騰的意大利麵，厚厚的**芝士三文治**……

咕嘰，好想吃……

糟糕，我浪費了一個願望！

突然從徽章上射出一道**綠光**……隨後許多可口的食物從天而降，堆在我面前！

蔚藍星國王惱怒地望着我：「看來你對我為大家精心準備的宴席很不滿？」

糟糕……

我的臉紅到了耳朵根，迷惑地撓着腦袋：「糟糕，我浪費了一個願望！」

我真是個大傻瓜！

剛才我竟然潛意識裏支配了徽章，白白浪費了一個願望。更糟糕的是，我讓國王大動肝火！

我懊悔地捶着胸脯：「天哪，我真希望剛才的事根本沒發生！」

話音未落，我一把捂住~~嘴巴~~。

糟糕，糟糕！

糟糕，我又浪費了一個願望……
我真是個大大大傻瓜！

只見一道**藍光**從我眼前閃過，
所有美味的食物消失得無影無蹤。我
瞄了瞄蔚藍星國王，他正朝我和藹地
微笑着：看來他根本不記得剛才的小插曲！

遺憾的是，我竟然白白浪費了兩個珍貴的**願望**。為了確定情況，我仔細端詳着**徽章**：只見上面
的五顆寶石已變得**灰濛濛**的。

現在，我只剩下兩次實現願望的機會了。我一定
要控制好自己，只有遇到十分危險的情況
時，才允許自己使用這枚徽章！

這時大家已經陸續吃完了（與其說是
吃，還不如說是費力地咀嚼），於是我們
各自返回房間。

第二天清晨，初升的**朝陽**將光芒
撒向地面時，我們已經準備就緒，準備**出發**了。

217

蔚藍星國王帶着幾個獨角獸護衛，主動提出一路保護我們，直到我們抵達陸生國的邊界。我們感動地接受了他們的好意：這樣一來，我們行進的速度大大加快，**餘震**和**地縫**再也威脅不了我們嘍！

唯一遺憾的是，暴風雨船長必須離開我們，返回他的飛船上。我感激地抱住他，感謝他一路的幫助。我**擔心**地問道：「現在你怎麼和你的船員們交代？如果他們知道了原來你一直在幫助我們，就會發現你原來有顆善良的**心**……」

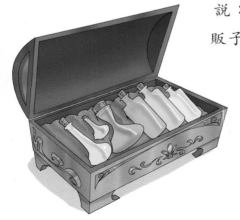

「別擔心，騎士，我早計劃好了。我會和他們說：我把你們通通賣給了走私販子，換來了一小盒神奇的獨角獸**藥水**。」接着船長心滿意足地掏出個小盒子，裏面整齊地擺放着五顏六色的**小藥瓶**。

蔚藍星國王補充道：

「這是我送給船長的一盒美容水。如果哪一天，他手下的們想要擺脫自己醜陋的面容，這瓶水能讓他們獲得新生！」

我揮手告別船長：「謝謝你，船長！再會了，**後會有期！**」

獨角獸載着我們，展開寬大的蔚藍色翅膀，在天空中飛翔。

糟糕，我浪費了一個願望！

我們在雲間穿行了三天三夜。時，大風呼呼地颳在臉上，夢想國的領土在我們身下變得十分細小。

夜晚降臨時，我們就摟住獨角獸的脖子，躺在他們背上沉沉睡去。明澈的星星離我們只有咫尺之遙，整個天空彷彿一塊綴滿鑽石的天鵝絨布！

在第四天的黎明時分，一座荒涼、布滿石塊的**高山**進入我們眼簾。

伴着優雅的俯衝，獨角獸們組成的編隊穩穩降落在了山頂。蔚藍星國王向我們指指**岩洞**：「看吧，這就是陸生國的入口。**祝*你們*好運***！」

獨角獸們重新飛上藍天，我們在山頂激動地向他們揮手：

「**再會了，朋友們！**」

歡迎來到陸生國！

這裏有夢想國最能幹的礦工！

比貓肚子還黑！

　　我剛邁進**陸生國**的入口，就注意到一件古怪的事：入口處找不到任何守衛，甚至連個正式的大門或一把大鎖都沒有……

　　好奇怪！獨角獸國王曾和我們說過：陸生國的矮人們性格自閉，那他們怎麼會允許陌生人隨意進出自己的家門呢？

　　羅博**懷疑**地向我們打個手勢，示意我們停步。

　　「我覺得這裏有點兒不對勁，我先走幾步試探一下，也許前方有**陷阱**！」

　　還沒走幾步，我們就陷入了伸爪不見五指的**黑暗**中。我根本不知道自己身在何處。事實上，我連自己的鼻尖都看不見……這裏簡直比**貓**肚子還黑！

226

我豎起耳朵，分辨着黑暗中傳出的每一個聲響：金屬尖銳的摩擦聲，石頭上有節奏的敲擊聲。我甚至聽到了周圍角落裏傳來的輕聲輕氣的說話聲，似乎有人在黑暗中窺視着我們。我們跌跌撞撞地摸索着，沒走幾步，愛麗絲就被一塊石頭**絆倒**在地上，羅博的腦袋**撞上**了石壁，第一冊的小腿**卡**在了石頭縫裏，而我則**滑倒**在濕漉漉的地上，碰傷了鼻頭！

我抬起鼻子，模糊感覺到眼前的岩石上刻着**幾行字**：

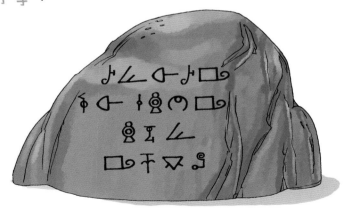

你能讀懂它們的意思嗎？*

*可以參考324頁的夢想語詞典哦！

在黑暗中，我用手爪一個個從字母上摸去，終於**明白**了上面刻着的語句含義。

「朋友們，這裏寫着一行字：『如果你們進來了……算你們倒霉！』，看來我們最好儘快離開這裏。」

我等待着第一冊驚叫着跳到我背上。可他卻在黑暗裏拍着手，歡笑着跳起來。

「太棒了，一段精彩的歷險就要來了！誰知道呢，我們馬上就要面對黑暗中的生物，也許會撞到變異的昆蟲和怪獸……」

「也許這是個陷阱！」愛麗絲擔心地説，「也許有誰想設計讓我們跌進去，落入他們手心裏……」

「只有一種方式，能讓我們知道發生了什麼事……」羅博説，「那就是一直向前走，走到盡頭。不要想沿途的危險，別忘記歌雅正等着我們……」

我怦怦直跳的心慢慢平靜下來。

「這麼説，我們繼續向前吧！」我附和説道，「不過最好來點光，為我們照明。」

現在只剩下兩個願望了，可我別無選擇。我從懷中摸出徽章，虔誠地請求它帶給我們**光明**，我大聲說道：

「徽章，現在看你的啦！」

　　從徽章裏射出一道溫柔的**藍光**，照亮了岩洞。

　　我們總算脫離了可怕的黑暗，可四周的景象卻讓我吃驚得**目瞪口呆**。

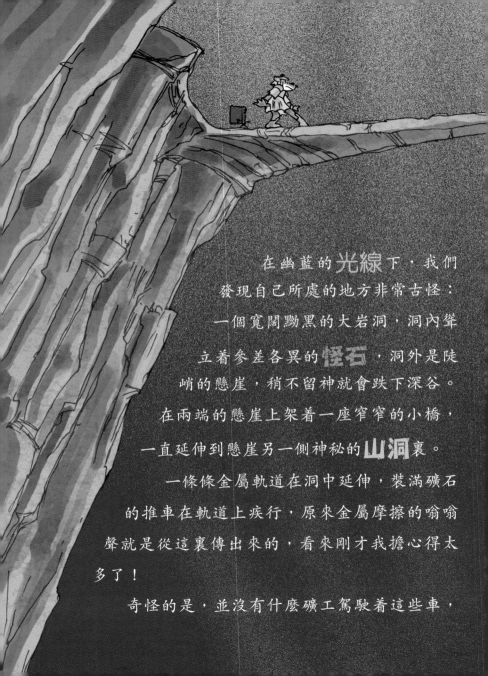

在幽藍的光線下，我們發現自己所處的地方非常古怪：一個寬闊黝黑的大岩洞，洞內聳立着參差各異的怪石，洞外是陡峭的懸崖，稍不留神就會跌下深谷。在兩端的懸崖上架着一座窄窄的小橋，一直延伸到懸崖另一側神秘的山洞裏。

一條條金屬軌道在洞中延伸，裝滿礦石的推車在軌道上疾行，原來金屬摩擦的嗡嗡聲就是從這裏傳出來的，看來剛才我擔心得太多了！

奇怪的是，並沒有什麼礦工駕駛着這些車，

難道它們是**幽靈**礦車嗎？

愛麗絲的話打斷了我的思考：

「騎士，我們馬上過橋吧！」

我心神不寧地望着那道又窄又細的**小橋**。羅博主動地伸出手來：「愛麗絲，需要幫忙嗎？」

要是往常，愛麗絲一定會傲氣地拒絕羅博，自豪地告訴他：我沒問題！可這次她卻微笑着接受了羅博的好意。

好奇怪！

自從我們離開了獨角獸領地後，羅博和愛麗絲一直相處得非常愉快，以前動不動就互不服氣的吵嘴場面再也沒發生過！

天知道這是怎麼回事！

懸在半空中!

我故作鎮定地邁上小橋,我往右邊看看——右邊是**深淵**,又向左邊瞅瞅——左邊也是**深淵**,這下,可把我嚇得趔趔趄趄,差點一下子摔下山崖,**摔**成鼠肉餅。

我渾身**冷汗**直冒……

我的鬍鬚因為緊張而**顫抖**……

我的膝蓋發軟,兩腿**交叉**……

我的頭直發暈,彷彿坐在**旋轉木馬**上……

嗚嗚！

　　我徹底失去了控制，大聲尖叫起來：「**我再也受不了了，我有畏高症！我連一毫米都走不動啦！**」

　　我一屁股癱坐在橋上，雙手死死地**抱住**小橋，再也挪動不了了。

　　朋友們紛紛勸我，可我竟連他們説了些什麼都沒聽見。

　　我**一把鼻涕一把眼淚**地抱怨道：「現在我卡在橋中央，進退兩難！」

　　可更糟糕的還在後面：就在這時，我聽見深淵裏發出**轟隆聲**，身下的小橋竟開始顫抖起來⋯⋯

　　原來，又一波**地震**開始了！

　　小橋開始猛烈地震動起來，愛麗絲急得朝我大喊：「快跑啊！橋要塌了！」

　　這一喊，讓我把畏高症拋到了腦後，飛一樣地在橋上**狂奔**起來，眼見那座小橋在我腳底碎成了一塊塊。

　　羅博和愛麗絲早就跳到了橋的另一端，他們鼓勵我：「**加油，馬上就到啦！**」

　　我一手拎起第一冊，把他摟在懷裏，誰讓他個子小腿又短，邁不動步子呢。

　　就在我狂奔着馬上就快到彼岸時，我前方的橋塌了。我拼命地將第一冊**拋向**橋頭懸崖邊上，羅博眼疾手快，一把接住了他。橋瞬間塌下去了，我只來得及一隻手死死抓住懸崖邊探出的岩石，而整個身體卻懸在了半空中！

快，接住他！

234

　　我攀附的岩壁也開始搖動，**小石子**和**土塊**轟隆隆地從我身邊墜下深谷。顯然，我也支持不了多久了，不知道過了幾秒鐘，我的意識開始**模糊**。我自言自語地哼哼：「看來一切就要結束了。」

　　突然，一條金色的**繩子**伸到了我眼前，我這才醒悟過來：那可不是什麼繩子，而是愛麗絲的髮辮！

　　平安無事的第一冊在自己身上「唰唰」地寫着什麼，一邊大聲鼓勵我：「加油啊，騎士，你一定行！這一幕可真是太刺激了：我必須把它載入史冊！」

　　愛麗絲也從上空用力**拉**着辮子：「快呀，騎士，拉住我的髮辮，我們一起把你拉上來！」

　　我用盡氣力抓住那條救命的辮子，愛麗絲的幫助可真是**雪中送炭**，因為我的手尚未鬆開，那塊剛剛抓住的岩石已經鬆動了。

　　我飄飄悠悠懸在**半空**，唯一拉住我的只有愛麗絲金黃色柔軟的髮辮。依稀間我看到羅博伸出有力的臂膀，「嘿呦嘿呦」地用力拉着辮子。

　　不知道過了多久，我感覺彷彿一輩子那麼長，我

只模糊地感覺到羅博和愛麗絲蹭蹭地**向上**拉着髮辮。

說真的，我也害怕⋯⋯我的生命掌握在伙伴們手中，可我信任他們：我知道他們會盡全力救我，甚至不惜付出生命的代價！

隨着他們最後用力一**拽**，我的雙腳終於回到了地面。

哦，我就這樣撿回了一條小命⋯⋯

我百感交集⋯⋯

激動地⋯⋯

昏了過去⋯⋯

我緩緩地睜開雙眼，只見第一冊正在我眼前拚命**搧動**着書頁，活像在拉風箱。

用力啊，騎士！

寶寶我！

「鼓起勇氣，騎士，現在一切都結束了……」

「誰結束了，我嗎？這麼說，謝利連摩在世間的生活結束了，我現在是用靈魂和你對話？」

「別胡說了，騎士，你只是暫時昏迷了而已……」

羅博嬉皮笑臉地插嘴進來：「你想得可美，一切不但沒有結束，反倒是剛剛開始！

快起來，我們要繼續趕路啦！」

羅博說的沒錯，我們在陸生國的**行程**還沒開始呢！

「一開始就這麼困難，誰知道接下來我們還會遭遇什麼……」想到後面的困難，我不由渾身**哆嗦**起來。

我舉着散發藍光的徽章，走在隊伍前列，為伙伴們照明。

走着走着，腳下的路突然變得又窄又**滑**，我只顧

着注意手上的光亮，卻沒留意腳下的路突然消失了。轉眼間，我沿着幽深的坑道向下滑去。

我「撲通」一聲，摔進了一個爛泥坑。緊接着，我的伙伴們一個接一個地砸在我背上。

在巨大的垃圾站裏

就這樣，我們大家都跌進了**爛泥坑**裏，兩側豎立着光滑高聳的牆壁。

我吃力地舉起徽章，希望將周圍的環境看個清楚，卻失望地發現：我們原來掉進了一個**噁心**的垃圾站！我們的腳下是濕漉漉的爛泥。七零八落地混着廢棄的十字鎬、土罐、陰溝裏排放的污水，和其他令鼠反胃的東西……

我盯着天花板，希望從光溜溜的牆上找到個扶手，能夠爬上去，突然聽到**咔嚓**一響，伴隨着煩躁的嗡嗡聲，天花板的岩壁開始緩緩下降。

我的大腦由於緊張而開始瘋狂地運轉起來，很快我就明白過來：究竟發生了什麼事。

伙伴們和我馬上就會被壓扁，然後被**粉碎**，最後被回收，落得和這裏其他垃圾一樣的下場！

救命！我可不想變成衛生紙！

第一冊牢牢地摟住我的脖子，渾身直發抖：
「救命呀，騎士！我可不想被送進碎紙機，漚麻池，
最後變成一卷衛生紙！」

「別擔心，我們會保護你！」我豎起地上倒着的
一根木樑，試圖用它頂住天花板。

可惜那木頭已經十分脆弱，沒過多久就壓斷
了。眼見着天花板越降越低，馬上就要 壓到 我們
頭上了！

就在我們個個束手無策，等待着被壓扁的命運時，古怪的**咔嚓**聲又響起來了。

天花板突然停止了下降，隨後緩慢地上升，回到了原來的位置。

我們直起身，拍掉身上的**爛泥**，激動地互相擁抱。

「萬歲，我們脫險了！」

　　第一冊認真地做起筆記來：「多麼偉大的歷險呀！我將永世難忘，現在就由我來記錄這一切吧！」

　　我們還沒開心多久，**古怪**的響聲又從我們頭頂發出來：似乎是水流的**嘩嘩**聲⋯⋯

　　這又是怎麼回事？

　　這聲音讓我想起了⋯⋯想起了⋯⋯廚房裏**水槽**發出的聲響！

　　說時遲，那時快，我們上方牆壁上彈開一個小洞，裏面噴出洶湧的冰水！

　　我們驚慌地撲騰着，眼見洞內的水位不斷上升⋯⋯

　　伴隨着另一道**咔嚓**聲，我們所處的洞底張開了一個小洞，彷彿被誰拔開了瓶塞一般，我們猛地被吸進了爛泥中。

這就是第一冊記錄下來的、
所發生的一切……

1) 我們一個
個摔進了坑道
的垃圾堆裏。
哇呀呀！

2) 天花板緩
緩下沉，我
們差一點被
壓扁，真可
怕！

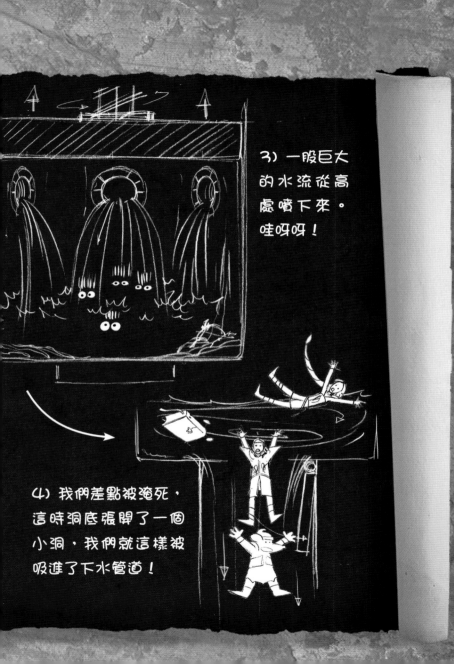

3) 一股巨大的水流從高處噴下來。哇呀呀！

4) 我們差點被淹死，這時洞底張開了一個小洞，我們就這樣被吸進了下水管道！

成百上千個黃眼睛怪物

我在褐色的渾濁**水流**中掙扎，第一冊抖索着爬到我腦袋上，盡量讓自己不被浸濕，一邊氣憤地尖叫着：

「我的命真苦，**墨水**都被浸花了！」

我一隻手提起他，反覆翻動着他的**書頁**，希望他們快快風乾。這時，「下水管道」幾個字跳進了我的眼簾。

下水管道的含義：地下的管道網路，專門收集

從浴室或其他地方排出的廢水⋯⋯

我腦中靈光一閃,興奮地嚷嚷起來:「幹得好,第一冊!有下水管道的地方,就說明一定也能找到……浴室!我們只要逆着水流的方向游,就能游到浴室了!從那裏,我們定能找到其他通道……然後想辦法從那兒出去!」

我們吃力地逆着臭水流的方向跋涉,我發現下水道的牆壁上,一雙雙黃色的眼睛在注視着我們。

長着黃眼睛的生物,原來是身上披着綠色鱗片的

蜥蜴們。他們將我們團團包圍，羅博忍無可忍，拔出劍來。愛麗絲從箭囊中摸出弓箭，而我則將徽章舉得高高，來給伙伴們照明。

第一冊穩穩地騎在我頭上，氣壯山河地叫起來：「衝啊，兄弟們，衝啊！」

我嘟囔道：「吱……你騎在我頭上，輕鬆又舒服，說得倒輕巧！」

「騎士，誰讓我是用紙張造的呢，這又不是我的錯！」

聽了這話，怪獸們一個個口水直流。「紙造的？那傢伙是紙造的？呱唧！紙張的味道最美味了！兄弟們，上啊！」

膽小的第一冊差點昏過去。愛麗絲對我說：「騎士，你快帶着他轉移到安全地方！這裏有我在，讓我好好教訓下這些可惡的小東西！」

「而我將和你並肩作戰！」羅博背對背地靠着愛麗絲。

哇喲！

第一冊可真重！

我只好帶着第一冊左衝右突，「蹬蹬蹬」地爬上了一座金屬階梯，一邊還要留神第一冊不要跌進水裏。

我真不知如何是好！

幸運的是，正當我慌亂逃竄時，發現金屬階梯的一側現出一道柵欄門。

我用力一推，門開了，我爬進了一個全部由深色大理石雕刻的房間裏，半透明的蛋白石臉盆，灰色的大理石洗手盆，還有一盞水晶雕刻的鏡子，而臉盆上的自來水龍頭，居然是黃金砌成的！我疑惑地這裏瞧瞧，那裏看看，發現牆壁上刻着一行字：陸生國國王御用！原來這裏正是陸生國

國王的浴室！

　　我豎起耳朵，聆聽外面的聲響，隨後將門打開一道縫，偷偷地向外 **張望**。

　　不遠處的一個房間燈火通明，裏面擠滿了黑壓壓的矮人們，他們年齡各異，但都垂着頭，恭敬地聆聽着一個長着大紅 **鬍子** 的矮人教誨。那矮人威嚴地坐在高高的石頭寶座上。

我驚奇地發現：所有陸生國的矮人們，包括國王在內，看上去都悶悶不樂的，顯得非常疲憊，他們穿得又髒又破，邋邋遢遢的。

　　其中，一個矮人上前一步，拜倒在國王面前：「陛下，請您做點兒什麼吧！」

　　國王滿臉愁容：「我的子民們，我什麼也做不了！**泥爪**綁架了婦女和孩子們，連我的太太苔麗卡也不例外。我怎麼能再讓他們置於危險中呢？我必須聽從泥爪的安排：將我們採集到的所有**怪味石**，都交給他⋯⋯」

　　我不解地小聲自語：「泥爪是誰呀？」

　　這時，矮人們開始抗議道：「陛下，我們再也受不了了！夠了，我們不能再這樣下去啦！」

　　「泥爪越來越貪心啦！」

　　「再多的怪味石也滿足不了他！」

　　「再說了，自從泥爪綁架了那個女孩，**地震**就連續不斷！我們在礦坑裏工作越來越危險！」

　　我大吃一驚：那個女孩難道指的是歌雅？

我探出腦袋，希望能聽得更仔細一些。就在這時，第一冊醒了過來，他一把勾住我的脖子，激動地大叫一聲：

「騎士！」

　　我頓時失去了平衡，跌出門外，骨碌碌地滾到了寶座大廳裏。

　　不用說，我馬上被國王的衞兵們逮捕啦，當我被帶到國王面前時，我驚訝地發現：愛麗絲和羅博也被逮捕了……現在大家又團聚啦，即使是被捕也還在一起！

你們是誰？在這裏有何居心？

怪味石，怪味石，還是怪味石！

「你們是誰？在這裏有何居心？」國王的問話裏透着冷冷的威嚴。

羅博嚴肅地回答他：「我叫**羅博**，是地精國的國王！我從來沒受過這樣的對待。請你的手下立刻給我們鬆綁！」

「我是**愛麗絲**，銀龍國的公主，我可從來沒有經歷過這樣的羞辱。」

「我是**第一冊**，學究院十二冊大百科全書的第一冊……我現在氣得都不知道說什麼啦，哼！」

我看到，陸生國國王火紅色的大鬍子下，原本板着的臉上微微發紅。他趕緊下令衛兵給我們鬆綁：「呃，不好意思，但你們看上去並不像什麼貴族子弟，以我**陸生國泥土三世**——坑道和岩洞統領者的名義發誓！」

陸生國泥土三世——
坑道和岩洞統領者

　　陸生國泥土三世，也被稱為「坑道和岩洞統領者」，他和他所摯愛的妻子——黏土王朝的苔麗卡，也就是巨石王國大理石家族的後裔，一同統治着陸生國。

　　泥土三世，曾抵禦過巨人族的侵略而威震八方。他還有個不為人知的身分——作曲家，因為他曾譜寫了好多首美妙動聽的陸生族音樂，真的能把石頭都感動得哭呢！

我們慚愧地發現：自己從頭到腳，一身**爛泥**！難怪國王認不出來啦！

　　我代表大家發言：「陛下，請原諒我們擅自闖入你的國土，可我們確實有緊急的**任務**：我們正在尋找歌雅——仙女，她不知何故遭到綁架……」

　　羅博補充道：「同時，我們也在追查地精國發生大面積地震的原因。」

陸生國國王**悲傷**地搖着腦袋：「一個星期前，泥爪手下的爪牙確實綁架了一個女孩，不過我並沒見過她，也許她正是歌雅……」

國王**歎口氣**，垂着雙眼：「我很想幫助你們，可卻沒辦法。因為泥爪綁架了我國所有的婦女和兒童，包括我的妻子。我再不能讓他們受到更大的**傷害**！」

我好奇地問：「什麼泥爪？泥爪是誰？」

國王自顧自地繼續說道：「我被迫答應泥爪：向他進貢我們在礦坑中挖出的所有怪味石。泥爪他既不想要寶石，也不想要金子，他只要**怪味石，怪味石**，還是**怪味石**！他的胃口越來越大！我的臣民們為了繳納更多的怪味石，都快要累死了。」

我被這樣的暴行震驚了，向前邁上一步，自告奮勇地告訴國王：「我一定會幫你救出他們！」

「還有我！」羅博和愛麗絲異口同聲說。

「還有我！」第一冊**揮動**着書籤，彷彿風中飄揚的一面旗幟，激昂地大聲說。

我猛地意識到，又給自己身上添了個**不可能完成**的任務：除了救出歌雅和停止地震（這兩個任務已經夠我受的啦！），我還要**解救**所有被泥爪關押的陸生國婦女和兒童……可現在我甚至連泥爪是誰都不知道！

　　伙伴們似乎讀懂了我的擔憂，他們轉身鼓勵我。羅博伸出手搭在我肩頭，對大家高聲說：「別擔心，我的朋友，只要我們團結起來，一定有辦法！」

只要我們團結起來，一定有辦法！

羅博的**目光**很堅定，唇邊綻放出自信的**笑容**。

「我們現在就去會會那個『泥爪』，大家覺得如何？」

愛麗絲，這個從不在困難和危險前退縮的女孩，**熱切**地回答：「樂意之極，羅博！」

我注意到：愛麗絲向羅博送去了鼓勵的眼神，而羅博回給她一個欣慰的**微笑**……

第一冊大聲嚷嚷着：「會會泥爪？只要想想他的

友情

友情是世界上最寶貴的東西之一！

和朋友在一起，我們可以坦然地和他分享生活中的喜怒哀樂。

朋友就是懂得傾聽你的人，也許他知道你犯了錯，可他不會訓斥你，而是會開導你，為你提出建議。

即使我們遭遇困難，真正的朋友也不會背棄我們，而會站在我們身旁，和我們一起接受挑戰！

263

名字，我就被嚇得**墨水**都要褪色啦！」

我高聲重複了一遍自己的問題：「到底泥爪是誰？」

這下可好，所有人都驚訝地看着我：「什麼？你連泥爪是誰都不知道？」

我**尖叫**道：「關於這個問題，我剛才已經重複很多遍了！有誰能告訴我呢？」

陸生國國王伸出手，輕輕地搭在我肩上。

「騎士，這就要發揮你的全部想像力，想想某個人，或者某樣東西，如此邪惡，令你渾身發抖，冷汗直流，瞳孔放大，兩腿發軟，兩手發麻，頭腦發暈……那麼，他就是泥爪了，可怕的千面怪物！」

我的臉**蒼白**得好似一塊壞掉的芝士，嘴巴無力地嘟噥：「呃，謝謝，現在我知道了。」

「我倒有個**主意**。」陸生國國王提議，「我給你們換上陸生國礦工的衣服，你們和其他礦工一樣，混進開採怪味石的礦坑工作，這樣你們就可以偷偷地展開**調查**，而不被注意。」他拍拍手，兩名魁梧的侍衛立刻走上前來，他們都留着長長的**打結**的鬍鬚，臂膀十分**有力**。

「多泥叔，石頭舅，我的左膀右臂！我要交給你們一個**艱巨的任務**：明天清晨以前，我要你們把這些貴賓裝扮成地地道道的陸生國礦工。你們能做到嗎？」

兩個侍衛**齊聲**答道：「陛下，交給我們吧！」他們的聲音如此渾厚，彷彿深邃的礦井。

只見他們搓着手**哈哈大笑**，天知道他們在動什麼腦筋？他們領着我們進入一個小房間，一番精心的外表改造工程開始了……

多泥叔

嘿嘿嘿……

石頭舅

如何變身
為陸生國礦工

1　　　為了貼近礦工矮人們黝黑的皮膚，我們在渾身上下塗上黏糊糊的白堊土。

2　　　接着，我們用雙手在地裏刨來刨去，不一會兒，手掌和指甲縫裏便全是黑糊糊的泥土。

③

換
礦
國
生
陸
上
工
我
們
的
衣
服
：
土
壤
顏
色
的
土
衣
服
，
土
壤
壤
顏
色
的
褲
顏
色
的
斗
子
，
還
有
土
篷
……

花崗皮

陶土仔

石子娃

④

接
着
我
們
戴
上
了
長
長
的
打
結
的
假
鬍
鬚
，
還
給
自
己
起
了
個
新
名
字
……

砂礫寶

經過幾個小時的「**整容術**」，我們看上去已經是陸生國的礦工了！

多泥叔和石頭舅仍不滿意，他們嘮叨着說：要是我們連如何使用**十字鎬**都不知道，怎麼能算是個合格的礦工呢？

我們還要按照他們的吩咐，扛起陸生國礦工專用的十字鎬，學習挖掘和搬運的技巧。

經過幾個小時汗如雨下的魔鬼式集訓，多泥叔和石頭舅滿意地點點頭。隨後，他們拉開了面前一扇**沉重**的鐵門，一個黝黑的岩洞頓時出現，裏面堆滿了各式各樣的器具。兩個侍衛將我們推進洞裏後，便插上了門閂：「現在才是集訓最困難的部分：你們必須學會適應**怪味石**散發出的臭味……」

他們的話還沒說完，第一冊就拚命地搧動書頁來改善空氣。羅博一把搗住了鼻子，而愛麗絲從外套上扯下根布條，蒙在臉上。只有我，什麼也沒有做。因為我已經昏過去啦！多麼可怕的**臭味**啊！

千面怪泥爪

第二天清晨，我們收拾好，正式進入礦井工作。我們和真正的礦工一樣，掄起十字鎬，在窄小的洞穴裏辛苦地勞作，甚至連被怪味熏昏的時間都沒有。好不容易盼到夜晚降臨，我們一個個已累得東倒西歪。

我們蹣跚着爬進容納大家睡覺的岩洞，只覺得背上一陣陣火辣辣地痛，手上已磨起了水泡。

我們和其他礦工蹲坐在一起，喝了混着泥沙難以下嚥的**蔬菜湯**，好不容易可以休息一會兒，我和伙伴們開始聊天。想到自己馬上就要見到可怕的泥爪，我不禁**擔憂**起來。

「親愛的羅……花崗叔，天知道泥爪究竟長成什麼樣？他看上去真那麼**可怕**嗎？」

羅博還沒來得及張嘴，坐在我們身旁的一個大塊頭礦工哆嗦着告訴我：「泥……泥爪？沒見到他算你走……走運！他長得像個大蜘蛛，渾身咕咕冒着毒液……」

其他的礦工矮人們開始七嘴八舌地議論起來。

「*你說錯了！* 他長着螃蟹般堅硬的外殼，頭髮像蟒蛇一樣交錯在一起……」

「別胡說！我可是親眼看見他的。他的觸角像章魚一樣長，牙齒如刀片般**鋒利**，翅膀和蝙蝠一樣古怪……」

「不對，你們說的都不對……他面容蒼白，渾身透明，彷彿迷霧一樣神秘可怕……他身披黑色斗篷，兩隻眼睛血紅……」

我算是徹底聽糊塗了：為什麼每個人描述的樣子都完全不同？

好奇怪……第一冊在我耳邊低語：「騎……我是說，石子娃，我找到一章記載著名怪物的一個章節，其中一段描述很有趣……」

古希臘人，相信世界上存在着各種奇異的怪物。比如看守冥府入口的三頭形之狗，擁有鳥的身體和人的頭部的女妖，守護海洋的小鬼等。據說在古老的陸生國，有一種神秘的千面怪，叫做泥爪。他居住在深淵中，以吸食人們的恐懼為生。他能夠探測出每個人心中最害怕的東西，並幻化成它的樣子。

　　讀完這一章節，我心生一計。「**伙伴們，我有辦法了！**」我高聲叫道。

　　愛麗絲趕忙攔住我：「噓噓噓，小聲點，騎……我是說，**石子娃**，你怎麼這麼興奮？」

　　「不好意思愛麗絲，我是說……**陶土仔！**我相信能夠揭開泥爪的真面目：他能夠幻化出千張面孔，是因為他利用了每個人的恐懼。我們每一個，**害怕**的東西都不同，因此泥爪利用了這一點，變成我們最害怕的東西！」

　　第一冊天真地問：「那麼，如果一個人天不怕地不怕，在他眼中的泥爪會是什麼樣呢？」

　　「這正是我們要弄清楚的，親愛的第……**砂礫寶**！誰願意和我一起潛入深淵，看看他的真面目？」

　　「我願意！」愛麗絲低聲說。

　　「還有我！」羅博也附和道。

　　「我也是！」第一冊補充，「我可不想失去一次歷險的機會！」

273

於是，我們等岩洞裏的其他礦工睡熟，便躡手躡腳地走出洞穴……

我們在漆黑一片的坑道裏摸索着**前進**，只有徽章一閃一閃的藍光在為我們照明。我的心裏慌亂不安：我的鬍鬚**直顫**，膝蓋軟綿綿的，腸胃也開始抽搐起來，不過我知道：要想發現泥爪的真面目，我必須直面它而**毫不畏懼！**」

保持勇氣的秘訣

- 勇氣並不是與生俱來的，而是可以後天培養的。
- 敢於直面恐懼，但不要讓恐懼壓倒你。
- 不管你碰到什麼困難，努力平靜地面對它，你就會更容易解決問題。驚慌失措只會使事情變得更糟。
- 如果你感到恐懼，深吸一口氣，這樣有助你釋放壓力。
- 你越努力戰勝恐懼，你就會越有信心戰勝它。如果你嘗試着培養自己面臨壓力和恐懼的能力，你的自信心會越來越強。
- 不要為了博取大家的讚賞，故意讓自己置身於危險環境中。記住：勇敢並不等同於無知！

這對我來說可不容易，但我至少要嘗試一下！於是，我回想起在孩提時代，我所學到的保持**勇氣**的全部秘訣。

我們悄無聲息地前進，一步步向隱藏在黑暗中的深淵下探。**怪味石**的味道越來越濃，我意識到我們離泥爪越來越近了。這時，從我身邊一側石牆的另一邊隱約傳出談話聲。一個唧唧聲傳來：「泥爪，我的主人，你在召喚我嗎？」

一個**深沉**的聲音傳來：「關押歌雅的怪味石監獄什麼時候才能建成？**我已經等不及了！**歌雅最害怕怪味石的味道，而我要讓她好好嘗嘗這滋味：我要把她永遠關在怪味石建成的監獄裏，吸取她身上所有仙女的能量！只有這樣，我才能一步步佔領夢想國！

啊哈哈哈哈！」

那個唧唧聲顫抖着答道：「監獄馬上就要建好了，我們正在拚命趕工，抽打那些礦工們，讓他們沒

日沒夜地工作，從地裏提取怪味石，用來建造監獄的……」

　　泥爪**恐嚇**的聲音響了起來：「別忘了提醒那些礦工：他們的妻子和孩子在我手裏，就連他們國王的皇后也不例外！」

　　一直貼着牆壁偷聽的我，猛然留意到牆壁上方有道細縫，我決心爬上去偵查一番。於是愛麗絲**↑爬↑**到羅博肩上，第一冊**↑爬↑**到愛麗絲肩上，而我再**↑爬↑**到第一冊肩上，費力地把眼睛湊到那道裂縫前，向裏面仔細地**窺探**。原來裏面是個黝黑巨大的山洞，當中橫着兩個大籠子，其中一個關着少女**歌雅**，另一個則關着許多婦女和兒童。

　　多麼可怕的景象啊！

1. 泥爪的寶座
2. 吸取歌雅能量的機器
3. 怪味石
4. 泥爪手下的怪物兵團
5. 沉睡河
6. 關押歌雅的怪味石牢籠
7. 關押陸生國礦工妻兒的牢籠

泥爪的真面目

眼前看到的這一切，讓我難過得眼眶濕潤了：被關在籠子裏的歌雅十分虛弱，身體幾乎快透明了……還有那些無辜的礦工家屬……散發出撲鼻怪味的怪味石……連接歌雅監獄和泥爪寶座的一條條奇形怪狀的管子……流經岩洞的沉睡河，河水散發着濃烈的礦石氣息，成了這裏的唯一出入口。

「我們現在怎麼辦呢？」第一冊哆嗦着問。

羅博決斷地說：「我們必須立刻返回去，勸說陸生國礦工來幫助我們。因為我們勢單力薄，沒辦法和怪物們抗衡。而且陸生國礦工們熟悉地形，知道如何抵達泥爪的岩洞。這裏唯一的出入口，似乎就是那條河……」

伙伴們抓緊時間，沿着來時的路急速往回趕。

大家需要儘快回到岩洞，把這些消息告訴陸生國的矮人們。

我心不在焉地跟在大家身後，思索着剛才看到的一幕，慢慢地和伙伴們拉開了距離。一不留神，我**撞**到了一處岩壁，隨着一陣嗡嗡聲，岩壁上隱藏着的門緩緩**打開**，將我推進岩洞後，門緊接着在我身後合上了。我驚慌失措地捶打着那扇門，嘴巴裏嚷嚷着：「*快開門，快開門！*」可門外的伙伴們根本聽不見我的呼喊。

我轉過身，心驚膽戰地發現自己置身在漆黑難聞的深淵底，而黑暗中，有**什麼東西**正緩緩地向我移過來。

一個尖利的聲音從我身後傳來：「回頭看看，老鼠，你敢直視我嗎？」

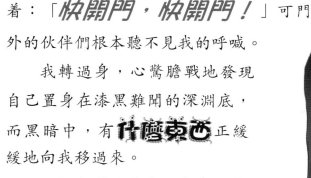

喵喵喵喵喵！回頭看看，老鼠！

吱吱吱！

那一定是泥爪！

我的身體從頭到尾抖起來，我緩緩轉過身，只見面前站着⋯⋯一隻巨大的黑貓，他**雙眼**血紅，彷彿燃燒的火苗，**牙齒**如刀片樣尖利，正張開大嘴，準備把我吞進肚皮！

我的鼠皮疙瘩都豎起來了！ 這正是老鼠最害怕的東西：貓！可我猛然想起來：泥爪以吸食大家的恐懼為生⋯⋯

我強迫自己要鎮定，我深深地吸了一口氣，逐漸

我的心跳又恢復了正常，我的大腦又平靜地恢復了運轉。我**想到**了一直信任我的伙伴們，想到還被關在牢中的歌雅和那些可憐的婦女兒童……

突然間，我的心裏不再充滿恐懼，而是充滿了力量：那是**愛**的力量，**正義**的力量，**友誼**的力量！

我穩穩站立着，高聲回答：

「泥爪，你可嚇不了我！」

283

泥爪的真面目！

　　泥爪是古老的怪物：他是深淵三世和深谷六世的孩子。

　　他生於黑暗中，在臭氣熏天的爛泥裏成長。他吸吮仙女歌雅的靈氣，希望讓自己變成人形。泥爪的面孔千變萬化，因為他熟知人們心目中最害怕的面容。只有毫無畏懼的人，才有機會見識到泥爪的真面目：他身上堆着山一樣高的爛泥，唯一透出來的是兩隻血紅色眼睛。泥爪唯一害怕的東西是水，因為水會把他融化。

泥爪的 真面目

我抬起頭，平靜地注視着泥爪血紅的雙眼，這時……

……我終於看到了他的真面目！

正如我之前預想的：泥爪根本沒有臉！

他身上堆着山一樣高的**爛泥**，唯一透出來的是兩隻血紅色眼睛。

泥爪惱怒地把我抓到半空中。

「**呼哧，呼哧**！可惡的老鼠，看我不收拾你！我可不會讓你就這樣溜走，把我的真面目告訴大家，現在正是我借助歌雅的能量，恢復人形的時候！啊哈哈哈！**用眼睛看看我**……

我試圖掙扎，可在那雙血紅色眼睛的注視下，我覺得**睏，很睏，非常睏**。

泥爪得意的聲音在我耳邊迴響：「你很睏，對嗎？你睏睏睏……非常睏睏睏……非常非常睏睏睏……」

我試圖反抗，可我的眼皮慢慢合攏，漸漸沉入了夢鄉。

出乎意料的結局

我緩緩睜開雙眼，發現自己手爪上**套**着枷鎖，和歌雅一同被關在散發着怪味的牢籠裏。這裏簡直是**臭氣**熏天！

我注意到**怪味石**監獄已經完工了。天知道我已經睡了多久，也許好幾天！

我看到歌雅的手腕上戴着厚厚的**手銬**，連手銬也是怪味石煉成的。

這時，泥爪拉開我們監獄的大門，**冷笑**着說：「現在，歌雅小姐，我要吸取你身體的最後一點仙氣了。多虧了你，我就要變成人的形狀了。從今以後，沒有誰可以阻止我稱霸**夢想國**！」

泥爪一邊將歌雅手腕上鐐銬的鐵索繫在自己的寶座上，一邊得意地坐了下來。

「可惡的**爛泥糊**，你到底想幹什麼？」我氣憤地大喊道，「放開她！」

「你有膽就試試看！你什麼也做不了……她也是！現在你可別指望她會幫你，因為怪味石已經大大削弱了仙女的力量！誰讓她被我綁走時**掙扎**得那麼厲害，每天都試圖搖晃鎖鏈逃跑，震得大地都晃動了！這個不聽話的小姑娘，差點讓我的計劃都泡了湯！」

泥爪惡狠狠抱怨的時候，我的腦袋瓜飛速地**運轉**起來。

我該怎麼做呢？

原來所有的地震就是這樣產生的！

我必須立刻行動起來！對了，徽章仍在我身邊，可我該怎麼使用它呢？現在它只能滿足我**最後一個願望**了，要想選擇最後一個有價值的願望真是好困難啊！

我是不是應該讓徽章斷開關押歌雅的牢籠呢？可泥爪也許會再把她捉回去……也許我應該再換個願望？

困難的選擇

有時候，我們會面臨困難的選擇，一時間不知道何去何從。這時不妨盡量從大局思考，或者換一種角度看待問題，這樣，會幫助我們認清楚什麼才是最重要的問題。

如果我們解決了最重要的問題，其他的一切問題也都會——解開。

也許我應該拜託徽章制服泥爪？可這樣一來，我如何救出已經十分虛弱的歌雅呢？她已經**昏迷**了。

我到底應該怎麼做？我都不知道如何是好啦！

突然礦洞裏傳來轟隆隆的 "水流" 聲……

轟隆轟隆轟隆轟隆轟隆……

那聲音彷彿雷鳴般響亮……

瞬間，一股巨大的水流從洞中湧湧而出。

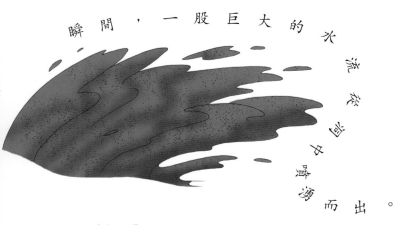

河水 **決堤** 了！

泥爪顫抖地一步步後退，驚懼地尋找可以藏身的地方，嘴裏嚎叫道：「不，不要啊，我最 **討厭** 水！我們走着瞧，你這狡猾的老鼠！」

不一會，洞內的水位開始快速上升上升上升……

很快，**洪水**就淹沒了我的脖子！我奮力向歌雅游去，我發現她已經挺不住了，整個身體正一點點地沉入水中。我來不及多想，只希望盡自己全部的力量，把她救出來。

「徽章，快救救歌雅！」

從徽章裏升起一道耀眼的**紫色**光芒，劈開了關押歌雅的牢籠，隨後，那光環彷彿肥皂泡一般，將歌雅托在中間，從水面上漸漸上升。

我在水中拼命撲騰着，嗆了好幾口水。我一回頭，只見泥爪的身體逐漸在水中**溶化**……

幾分鐘後，水面上只剩下一灘泥漿。河水呼嘯着**席捲**着泥漿，向深淵盡頭流去。那曾是這個怪獸出生的地方，如今他已消失得**無影無蹤**……

我掙扎着在洪水中忽上忽下地沉浮，漸漸眼前一片**模糊**▭▭▭▭▭

自由萬歲！

　　幸運的是，一股**洪水**從高處襲來，巨大的作用力將銬在我手上的枷鎖衝成**兩截**，我使出最後一絲力氣，向高處游去，我終於自由了！

我被一個**筏子**救起，**咳嗽**幾聲，我吐出幾口水，發現身旁坐着羅博、愛麗絲、第一冊，還有……歌雅！

我欣慰地看到歌雅的氣色好了許多，儘管她看上去仍很**虛弱**。我四處張望着，發現我周圍布滿了由**奇形怪狀**的物體臨時綑成的救生筏：交錯的樹幹、粗樹根、空瓶子……可以想像，這些物體都是洪水暴發時產生的。

　　在救生筏上站着的，正是陸生國的全體礦工們。而領頭的，不正是陸生國**國王**嗎？

　　國王清清嗓子，激動地發表演說：「朋友們，泥爪再也**威脅**不到我們了：他已經融化在河水裏，因為騎士告訴我：他的本來面目只是一灘泥巴！

　　大家興奮地歡呼起來：「**萬歲！**」

　　國王轉向我説：「當我們得知，沉睡河是進出關押你們的通道時，我們立刻臨時拼湊成幾個筏子，隨後將大堤挖出一個缺口，河水決堤後，我們隨着不斷升高的水位漂浮，河水將我們引到了這裏。萬幸的是，我們總算救出了王國的婦女和孩子們，還有我親愛的太太莘麗卡！」

謝謝你們！

沒關係！

大家開心地擊掌相慶：「**萬歲！萬歲！**」

等大家漸漸安靜下來後，國王泥土三世重新打開話匣子，這次他的語氣有些沉重。

「我親愛的臣民們，泥爪雖然被打敗了，可我們也失去了自己的家園。非常遺憾，我們沒法再住在這裏了。」

羅博示意大家安靜：「國王陛下，我誠懇地邀請你們前來地精國。在那裏，我們有許多富饒的山嶺，裏面布滿了寶貴的**礦石**，你們一定能重建地下王國，不過……」

「不過什麼？」陸生國**國王**焦急地詢問道。

「不過，你們需要向我保證一件事：千萬別再開採**怪味石**了，因為它實在太臭啦！」

陸生國國王和礦工們**爆發**出開心的笑聲，這還是他們這麼久以來，第一次如此暢快地大笑哦！

我們**沿着**河流蜿蜒而下，地下河載着我們乘坐的筏子在大山深處穿行，這是多麼神奇的旅行啊！

第一冊騎在我的脖子上，壓得我幾乎喘不過氣來，他興奮地嚷道：「其實，這才叫奇遇！今天我的夢想終於實現啦：我要成為一本歷險書！從現在開始，我會將旅途中的一切記錄下來！一切的一切的一切，哦，對了，剛才在岩洞裏發生了什麼？說呀？說呀？快

說呀？快快告訴我，我要把一切都記錄下來！」

「呃，親愛的第一冊，當時河水馬上就要吞沒歌雅！我只好祈求徽章用了最後一個願望，來救起她……」

我不捨地一遍遍撫摸着徽章的表面，腦海裏回憶起它曾幫助我的一幕幕景象，這時我猛然想到：該是將徽章還給它真正的主人了：歌雅……

我轉過身，將徽章遞給歌雅，微笑着對她說：「現在，該是物歸原主的時候，尊敬的公主殿下！」

歌雅唇邊漾起笑容：「謝謝你，騎士，這枚徽章對我十分珍貴！」

她將徽章重新掛上脖頸，就在這一瞬間，消耗將盡的能量又神奇地布滿了她全身。

向地精國駛去……

我們沿着河道航行了幾天幾夜，前面終於出現了一條閃閃發亮的河流。

羅博立刻認了出來：這不正是地精國的母親河嗎？

我們奮力揮槳，小船終於駛進了地精國的中央湖區——靜謐湖邊。

一切是多麼安靜啊！

月光照耀下的靜謐湖波光粼粼，泛出點點銀光。我們向湖邊張望，已經不見此前地震留下的痕跡。看來羅薇率領着地精國的人民，在地震後已重建了家園！

我們的船輕輕地停在湖中央，忽然從不遠處傳出一陣悠揚的**笛聲**，成百上千支火把漸漸照亮了平靜的湖面。

動聽的歌聲響起來了，這不是歡迎我們回家的祝酒歌嗎？

原來羅薇為我們精心安排了這個驚喜晚會，歡迎我們凱旋歸來！

成千上萬的人民**湧上**街頭，向我們揮手，很快我們平安返回的消息就傳遍了街頭巷尾，包括我們所經歷的種種歷險：歌雅和陸生國礦工們被解救出來，而泥爪也消失了……

我的小心臟感動得撲騰騰地跳，我和那些曾在這次**旅途**中幫助過我們的好朋友又重逢了。伙伴們和我的心裏溢滿了幸福！

我們剛一走下船，羅薇就迎了上來。她激動地迎接好朋友愛麗絲和歌雅，隨後拍拍手，一個周身潔白的小精靈向我們走來，他雙手托着個紅**枕頭**，上面躺着把金**鑰匙**。

301

　　羅薇接過鑰匙，大步走向她的哥哥羅博——地精國的國王，緊接着**優雅**地一鞠躬。

　　「陛下，我將王國的鑰匙交還給你。我已經盡了自己全部力量，來完成你交給我的使命。在大家的**幫助**下，我們在廢墟上重新植**樹**，填補了地震留下的深坑，**開鑿渠道**來引導洪水……總之，現在一切都走上了正軌。」

　　她深情地環住了羅博的脖子，在他臉頰上**親**了一下，恢復了活潑的語氣：「歡迎回家，哥哥！」

304

　　羅博接過鑰匙，微微一笑，**莊嚴**地說：「謝謝你，羅薇。你治理得不錯，我宣布，從今天開始，地精國將由兩位首領——羅博和羅薇**並肩**治理！」

　　最讓我想不到的是，羅博轉向我，鄭重地將鑰匙放在我的掌心：「這枚鑰匙，我想送給你這位**特殊**的朋友，因為你不遠萬里前來相助，幫我們度過了無數個難關。騎士，我們的王國，我們的家園，和我們的**心**，將永遠為你敞開！」

送給你，騎士！

謝謝！

我感動地接過鑰匙，隨後羅博和羅薇宣布**慶典**開始，這可真是我生命中最難忘的晚會，因為在這次歷險中，幫助過我們的夢想國朋友們都在場！

　　他們中，有**拉皮斯**教授（謝天謝地，他總算和羅博重歸於好啦），還有學究院的其他**科學家們**：甚至，連第一冊的另外十一個百科全書兄弟們，也帶着一大堆**圖書們**到場了。這下可好，晚會現場嘰嘰喳喳十分熱鬧。

學究院的科學家們

第一冊

拉皮斯教授

暴風雨船長和他的怪獸隨從們

　　出席晚會的還有**暴風雨船長**，他的怪獸隨從
們興奮地在天空打起了響雷，造出了閃電！

　　出席的還有**蔚藍星**——獨角獸王國的統治者，
以及他率領的獨角獸衞士們，他們紳士地搖着鬃毛，
向我們致意。

　　對了，還有我那些熟悉的老朋友們：**矮人國**的
國王柏拉徒和皇后費莉亞，以及我的朋友**賴
嘰嘰**！**仙女國**皇后芙勒迪娜以及他

芙勒迪娜和佛樂勿　　　　蔚藍星國王

柏拉徒
和費莉亞　　　賴嘰嘰

的丈夫佛樂多也專程前來，探望歌雅！

不過，在熱鬧歡騰的人羣中，似乎少了某個我很思念的朋友……彩虹巨龍！我到處尋找他的蹤影，卻沒看到他……

羅博一整個夜晚都在與愛麗絲跳舞，他的眼睛一刻也沒離開過她……

而她則快樂地隨羅博旋轉着，咯咯笑着，彷彿變成了……我從不認識的女孩子。

當天空透出玫瑰色的色彩時，初升的太陽將第一縷光線照耀在地精國。羅博帶着愛麗絲漫步到溪水邊，單膝跪地，伸出手臂，虔誠地問：「我親愛的愛麗絲，我愛你！從今以後，我的心屬於你！你願意嫁給我嗎？」

愛麗絲堅定而又鄭重地說：「我願意！」

見到這一刻，我真為他們高興，可我還是有些困惑……

羅博和愛麗絲，在旅途中經常吵個不停，到底是從何時開始，他們相愛了呢？

到底是什麼樣的機會，讓他們之間擦出了愛的火花呢？

　　第一冊狡點地笑笑，**低聲**湊在我耳邊說：「騎士，你知道他們是什麼時候擦出愛的火花嗎？」

　　還沒等我回答，他驕傲地挺挺胸：「我知道，我一直什麼都知道！」

　　他翻開書頁，向我指了指上面的一張圖片，那不是藍色獨角獸國的**真愛泉**嗎？

直到這時，我才回憶起來：羅博和愛麗絲曾在練劍時，一起摔進了 噴泉 裏！

我喃喃自語：「可……可是，難道只是因為他們掉進了真愛泉，就瞬間相愛了嗎？」

第一冊哈哈大笑：「騎士，**相愛的**伴侶命中注定！只不過有時候，他們需要一點小小的『催化劑』，才能意識到自己的真愛，並讓愛的種子在 **春天** 裏發芽結果！」

不知不覺中，許多伙伴們來到我四周，為羅博和愛麗絲這對戀人拍起手來。芙勒迪娜、歌雅和羅薇，甚至 **幸福** 得滿眼淚花……而我呢？

其實，我的內心被一種莫名的感動填得滿滿的，我正想向戀人們送上我的祝福，天空中忽然有個影子呼嘯而來，這不正是我思念的朋友彩虹巨龍嗎？他高聲喊道：

「萬歲，騎士，這一切太 浪漫 了！」

我興奮地一躍而起，跨到他背上，彩虹巨龍飛上高空，做起了高難度的慶祝動作。我沒有準備，一下失去

了平衡，開始下墜！

我的後腦撞到了一塊硬硬的東西上面，暈了過去。

歡迎
來到老鼠島！

所有老鼠們夢想的生活之地！

1. 妙鼠城
2. 中鼠湖
3. 大鼠湖
4. 自然保護公園
5. 鼠基斯坦
6. 醉酒峯
7. 吸血鬼山
8. 鼠皮疙瘩山
9. 三鼠市
10. 貓止步關
11. 壯鼠市
12. 臭味港

醒醒，謝利連摩！

突然，我耳邊傳來一陣**大喊**聲。

「讓開，讓開，讓開開開，讓我來拯救表哥，讓我來把他喚醒醒醒醒！」

隨後，一盆徹骨冰涼的水結結實實地淋了我一身。

這下，我才徹徹底底醒了過來。我抬起頭，看到一張圓乎乎的面孔，一雙狡猾的**小眼睛**，和一件

印着棕櫚樹圖案花里胡哨的襯衫。唉呀，這不是我的表弟**賴皮**嗎？而站在他身後的，正是我的小侄子**班哲文**。

賴皮尖叫起來：「你看到了嗎？我說的沒錯吧！要給他點厲害的嘗嘗，他自然就醒啦！表哥，你還能認出我嗎？哼哼，要不是有我在……」

「**哆哆哆**……我對你感激不盡：你澆的可是冰水啊！我要**發燒**啦！」

我一連困惑地問道：「可是……我怎麼會在這

裏？我記得自己在很遠、很遠的地方旅行……」

賴皮**嘲笑**我說：「表哥，你怎麼這麼容易就昏倒了！就算什麼也沒做，你也能睡上一整天。我看你是故意裝昏迷吧，其實是想**打個盹**……」

班哲文擔心地抱緊我：「叔叔，你不記得了嗎？我們倆之前在攀登**恐懼山**時，你吞下了好多能量棒，然後就去找水，再然後你就跌下了山，一直昏迷到現在！」

我一拍腦門。「現在我想起來了！這一切都因為一封神秘的信，要赴一個定在中午的神秘約會……對了，現在幾點了？我要馬上走了，還有人在**等我**呢！」

我以難以置信的速度從地上彈起來，繼續攀登上山，當然是在班哲文的幫助下啦！我渾身痠痛，**骨頭**彷彿散了架，從耳朵根一直散到了

謝利連摩·史提頓收
他鼠勿拆，嚴格保密，
謝利親啟，
十萬火急！

尾巴尖。

　　還是數數身上哪個部位還沒損傷更容易：我上嘴唇左邊的**第三根鬍子**還完好無損，謝謝大家！

　　至於身上的其他部位，那只能用**「悲劇」**兩個字來形容了！

　　班哲文用手攙着我：「鼓起勇氣，叔叔！我們會陪你登上恐懼山，還有幾十米就到了……」

　　就這樣，我**氣喘吁吁**地向山頂攀登。

　　當我繞過山路的最後一個彎時，鬱鬱葱葱、一片翠綠的山頂終於展現在我面前，我久久地張大嘴，震驚得什麼也說不出來……

　　我看到所有朋友們聚集在山頂，齊聲高喊：

給你一個驚喜！！！！　給你一個驚喜！！！！

給你一個驚喜！！！！　給你一個驚喜！！！！

原來，這一切都是大家為我安排的驚喜！

他們也確實驚到我了：幸好沒有發生比這更讓我吃驚的，不然我可吃不消嘍！

在山頂上，裏三層外三層地聚集着我的朋友們、親鼠們和鼠民公報的同事們。

大家為我安排了豐盛的野餐，包括可口的蛋糕、甜品、麵包和其他美味！

甚至有口味獨特的倫巴第芝士草莓蛋糕……咕嘰嘰！

我感動地用手直抹着淚水，大家齊聲歌唱起來：

「祝你生日快樂，
祝你生日快樂！
生日快樂，謝利連摩！
祝你永遠快樂！」

「謝謝，謝謝大家，我幾乎都忘了：今天是我的生日！」

妹妹菲和柏蒂走上前來，捧着個紅色的天鵝絨抱枕，上面躺着把金色鑰匙。「這是我們心靈的鑰匙：永遠為了你敞開！」

我開心地笑起來。大家的一片心意，就是最好的禮物！不過說實話，我似乎曾在哪裏，見到過這把鑰匙……

也許是在夢境中，也許是在……夢想國！

夢想語詞典

這是一本很特別的書……你會聞到書本散發的香氣（第92頁），愛情發出的香氣（第203頁），以及怪味石散發的臭氣（第269頁）！

奇鼠歷險記5

仙女歌雅不見了

QUINTO VIAGGIO NEL REGNO DELLA FANTASIA

作者：Geronimo Stilton　謝利連摩‧史提頓
譯者：林曉容
責任編輯：潘宏飛
中文版封面設計：李成宇
中文版內文設計：羅益珠　劉蔚
封面繪圖：Danilo Barozzi
插圖繪畫：Danilo Barozzi, Silvia Bigolin, Gabo Leon Bernstein, Christian Aliprandi,
　　　　　Archivio Piemme.
內文設計：Marta Lorini
出　　版：新雅文化事業有限公司
　　　　　香港英皇道499號北角工業大廈18樓
　　　　　電話：（852）2138 7998
　　　　　傳真：（852）2597 4003
　　　　　網址：http://www.sunya.com.hk
　　　　　電郵：marketing@sunya.com.hk
發　　行：香港聯合書刊物流有限公司
　　　　　香港新界大埔汀麗路36號中華商務印刷大廈3字樓
　　　　　電話：（852）2150 2100　傳真：（852）2407 3062
　　　　　電郵：info@suplogistics.com.hk
印　　刷：C & C Offset Printing Co., Ltd.
　　　　　香港新界大埔汀麗路36號
版　　次：二○一四年五月初版
　　　　　二○一九年一月第四次印刷

奇鼠歷險記

① 漫遊夢想國

② 追尋幸福之旅

③ 尋找失蹤的皇后

④ 龍族的騎士

⑤ 仙女歌雅不見了

⑥ 深海水晶騎士

⑦ 追尋夢想國珍寶

⑧ 女巫的時間魔咒

⑨ 水晶宮的魔法寶物

⑩ 勇戰飛天海盜

⑪ 光明守護者傳說　勇士回歸（大長篇1）　失落的魔戒（大長篇2）

我的名字是

....

Geronimo Stilton

奇鼠歷險記⑭

巨灰魔的詛咒

新雅文化事業有限公司
www.sunya.com.hk

目錄

待拯救的帝國

親愛的鼠迷朋友們，我已按捺不住自己激動的心情了！我們即將展開歷險，一同探索奇幻瑰麗、沉睡千年後重見天日的

夢想帝國！

你們相信嗎？加冕成為女皇的阿麗娜，也就是仙女國皇后的女兒，讓這個神奇的帝國重新復興。她是一位年輕的叛逆公主，也是這片廣闊無垠土地的領袖！經過數個世紀以來的分裂和隔絕，所有曾構成夢想帝國的領土宛如魔法般實現了統一，實現了失落已久的和諧共存。

從那以後，許多不為人知的新部落從各處遷徙而來，在夢想帝國紮根。夢想帝國所有居民的生活越發豐富多彩！

　　然而，在這一片生機勃勃、繁榮昌盛的景象下，潛伏着可怕的黑影……

它來自幽暗之處，時刻威脅着帝國人民的和平與幸福。

　　唯有一羣真英雄方能消滅這威脅：一羣非常勇敢、非常團結，並且非常、非常、非常出乎所有人意料的伙伴們！

這些英雄的**豐功偉績**將被夢想帝國的居民世代銘記，他們所經歷的事跡，將會令你讚歎不已。

以我史提頓的名義發誓，
謝利連摩·史提頓！

亂七八糟的閣樓

　　某個星期天，我的好朋友，多愁把我從牀上拽起來，交給我一個任務，要我整理我的**閣樓**！

　　那天黎明時分，我還在呼呼大睡時，多愁已衝到我家窗下，高聲叫道：「親愛的，起牀啦！別再賴在被窩了！別再睡覺！**太陽**在四分鐘前就升起來了，還有一堆事情要做呢！」

　　我的命真是很苦、很苦、很苦啊！

　　我感到睏、很睏、非常睏！前一天，為了趕一篇有關脆殼堡旅行的特稿，我在辦公室加班到半夜……唉喲，你們瞧我這記性！我還沒有自我介紹呢，我名叫史提頓，**謝利連摩・史提頓**。我經營《**鼠民公報**》——老鼠島上最著名的報紙！

　　我剛才說的是，我由於前一天熬夜，當時正需要好好補足睡眠，但是一旦多愁打定了**主意**……

就誰也阻止不了，簡直十頭牛都拉不回來！

「我來啦，這就來！」我歎了口氣，從牀上跳下來，飛快地**更衣**。

我剛打開門，她就衝進我房間，朝我嚷嚷：「快點兒，親愛的！我已經準備了箱子收納你的物品。我們要斷捨離！」

隨後，她用批評的目光看着我，說：「明天我的朋友吸血伯爵・悲傷鼠會抵達妙鼠城，參加**恐怖**電影的發布會，他需要找一個地方睡覺⋯⋯你沒把

我來啦，這就來！

這事忘記了吧？現在我們需要把你的閣樓改造一番，變得幽黑、吱嘎作響、到處掛滿蜘蛛網……唔，這樣他才會感到賓至如歸！」

唉！這真是一個艱巨的任務……我只是一隻小老鼠，一隻戀舊的小老鼠，我已經很多年沒有打掃過閣樓了！

我們剛爬上閣樓，多愁就驚呼起來：「以一千個木乃伊的名義發誓！你到底多久沒收拾這兒了？這裏簡直一團糟！」

我回答說：「你也知道我平日工作很忙……所以打掃工作遲遲未能實行。」

多愁說得有道理！這裏到處是一撮撮……一堆堆……應該說是像山一樣高的物品！

多愁歎了一口氣，說：「唉，先從哪兒收拾起呢？要不我們先把這堆書扔了吧，你已經有很多書啦，親愛的！」

說完，她指了指一疊厚重的書冊。

什麼什麼什麼？想扔掉我三百三十冊百科全

15

書？光是想想要與它們分開，我的心就會痛苦得**碎**成千片啦！這些書是我生命的一部分。

我提議道：「我們還是從其他物品開始吧！」

多愁歎了口氣：「好吧！要不把這堆玩意清理了吧！」她抽出一疊厚厚的收藏夾。

我堅決不同意，說：「啊！不行，那些是我從世界各地收集的乳酪**商標**！我對它們很有感情！我們還是先處理其他雜物吧！」

「扔那個怎麼樣？」多愁指着一個大盒子問。

「那盒是我收藏的各式乳酪脆皮，我還沒來得及把它們歸類呢……」

多愁不耐煩地抱怨說：「夠了，親愛的，像這樣的話，我們什麼也清理不了！你必須騰出地方，換個環境，扔掉這堆破爛的東西！」

多愁說得有道理，於是我深吸一口氣，開始往**箱子**裏扔掉一些舊物，然後進行掃除。

後來，多愁甚至需要召來**廢物回收**公司，才能將東西運走！

呼哧，呼哧……我感到很累、非常累，
全身骨頭就像散架了……我們總算
成功地「斷捨離」啦！

多愁評論說：「現在看來環境不錯！我們可以在那個角落擺一副超大的棺材，以備靈夢之夜時使用。然後，我們再擺一個衣櫃，裏面擺放一副**骷髏骨架**。親愛的，我為你驕傲！」

我也感到很開心。我望向空蕩蕩、整潔的閣樓，突然意識到缺少了什麼……

「不過……我的木頭**小火車**去哪兒了？」我的心快要跳到喉嚨了！

多愁聳聳肩膀，說：「你說那個破爛的舊火車？我把它扔了，親愛的！」

「什麼什麼什麼？！啊，不會吧！那是我最愛的小火車！我的第一件玩具！」

當我還是個**小孩子**時，麗萍姑媽將這輛小火車送給我。我對它感情很深……我從沒想過扔掉它！

　　我使出老鼠的奔跑潛能，飛也似地滑下樓梯。但我衝出了大門，只見⋯⋯

突突突突突！

　　廢物回收公司的大型垃圾車剛剛開走了。

　　多愁追上我問：「親愛的，你為什麼一臉憂傷？」

　　我向她解釋：「廢物回收公司的大型垃圾車帶走了我兒時**最愛的**玩具！我一定要把它拿回來！」

　　多愁伸爪拍拍腦袋，說：「我相信那玩具會被運到舊貨市場。如果你想要我陪你⋯⋯」

　　我沒等她說完，就跳上汽車，向妙鼠城市場疾馳而去。

　　只見**廢物回收公司**的員工剛剛將車上的貨物卸到舊貨攤上，和山一樣高的廢物擺在一起。

我怎樣才能從所有廢物中找到我的小火車呢？

我彷徨失措，但是當我定睛一看，竟幸運地發現了我的小火車混在一個網球拍和一盞乳酪形狀的

枱燈裏面！

我馬上攀上廢物回收堆，試圖取回它。可是，一不小心失去了平衡，咕嚕嚕滾了下來。

在經歷了致命的三級跳後，我一頭栽倒地上……**昏**了過去！

隨後，突然間……

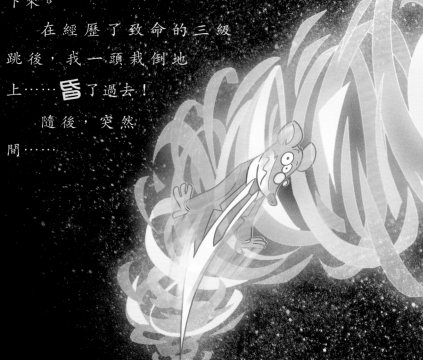

奇幻世界

我醒來時，發現小火車已不見蹤影，確切地說，是整個舊貨市場竟消失於眼前！

我身邊出現了各種帳篷攤位和小販車，那些小販售賣的東西很奇怪，應該說，**奇怪極了！**

第一個小販擺着很多不常見的紀念品，有巨人的腳印、龍的鱗片、獨角獸小雕像……

第二個小販在出售一片片形狀變幻的彩色雲朵……

第三個小販在出售各種尺寸、顏色各異的鎧甲！

這裏肯定不是老鼠島的市場！

我究竟身在何處？！

這時，我才驚覺空氣裏瀰漫着一種濃郁芬芳的**香氣**，那味道活潑又甜美，清新又美妙……嗯嗯……這氣味我很熟悉！

我正尋思着，一陣吆喝聲打破了我的沉思……

「烤脆果！新鮮出爐的烤脆果！誰想品嘗香噴噴的烤脆果？」

烤脆果是什麼啊？!

我向四周張望，看見……在不遠處有個身形圓渾的小傢伙正在叫賣，看起來就像一個雪人布偶。他正賣力地在火盆上烤着一串串顏色鮮艷、呈鈷藍色的大**榛果**。

我從未品嘗過這種食物，不過從它們散發的香味來看，似乎很美味！

突然，一個身披斗篷的人、騎着白虎飛奔到攤位前，以清脆的聲音對檔主說：「請給我拿兩串烤脆果！一串給我，另一串給我的朋友！」

我立刻認出了這把聲音，我頓時激動萬分，心臟得跳得飛快——她正是叛逆女皇阿麗娜！」

當我看到她斗篷下如花般明澈的蔚藍眼眸，還有那如陽光灑在海面的微笑時，我的心跳得就更劇烈了。

我終於明白那香氣來自何處了，那是仙女身上散發的氣息！原來我所在的位置，正是夢想帝國的中心地帶——仙女國！

檔主遞給阿麗娜兩個烤脆果之後，繼續在攤位上烤串，嘴裏叫賣個不停。阿麗娜縱身跳下猛虎，上前擁抱我。

「騎士，你來了！」
她大聲說，「我真
高興再次看見
你！！」

「阿麗娜女皇！」我激動地說，「就算你的臉掩蓋在斗篷下，我也能認出你！」

阿麗娜女皇發出銀鈴般清脆的爽朗笑聲，說：「我很喜歡微服出訪，讓我從女皇的角色中偶爾出來喘口氣。我希望想去哪兒就去哪兒，和大家不分階級作平等交流，認識加入夢想帝國的新部落。你將會看到夢想帝國的族羣有多壯大！我們每天都會發現新成員的加入。夢想帝國廣闊無垠，還在持續擴張。只要我們能……啊對了，你先嘗一口這無上的美味！」

阿麗娜真是一點兒都沒變，儘管她已貴為女皇的身分，但她並未丟掉當年叛逆公主的精神！

不過，我隱約從她清澈的眼神裏發現一絲憂愁……嗯，也許是我想多了吧！

我的朋友遞給我一串熱氣騰騰的烤脆果，向我解釋道，「這是夢想帝國新領土——圓滾王國的特產，那裏的一切都是圓滾滾的，不論房子、居民、甚至樹木都是圓的！」

　　我咬了一口那藍色的大**榛果**，它簡直好吃得讓我的鬍鬚都豎起來啦！

　　「就連『黎明』也想吃一個呢！」阿麗娜女皇補充。

　　事實上，白老虎黎明正虎視眈眈地望着我的榛果，微笑着張開嘴巴，露出一百三十顆**尖牙**……

咕吱吱，真可怕！

給你吃吧！

　　我伸出手爪遞給牠一個脆果……只見牠一眨眼的功夫就吞進了肚子。

　　「黎明很喜歡吃這個！」阿麗娜女皇撫摸着牠的毛皮說。

　　我的臉像乳酪一樣蒼白，嘟噥着說：「我很高……高興牠喜歡！」

　　阿麗娜女皇騎上白虎，示意我也騎上來，「隨我來，騎士。讓我帶你看看我們的新世界！你這次來得正好，這幾天我們在舉行一場重要活動……你看到的這些美食與其相比，只是開胃小菜而已！」

　　我望向阿麗娜女皇，發現她和芙勒迪娜皇后越發相似。她說話的語氣比從前更加果斷。我意識到，女皇生活的歷練讓她的性格變得更加冷靜，更加成熟，更加……

　　「騎穩了！」

　　阿麗娜女皇一邊招呼我，一邊催促白虎黎明加速向前。

我甚至來不及「吱」一聲叫，黎明就像閃電般**奔騰**起來。他從攤位中間擠過，穿過樹林，躍過水溝，跑下斜坡，竄進灌木，鑽到籬笆下，來到一扇巨大的金色拱門前。那拱門上掛着一道**標牌**，上面刻有幾行字：

歡迎來參加豪華氣派的、
獨一無二的、
無奇不有的、
琳琅滿目的、
精彩紛呈的……
奇幻大展！

奇幻大展

我簡直無法抑制內心的好奇！

阿麗娜女皇自豪地對我說：「這個展覽讓每個夢想帝國的民族在這裏展示自己國家最具風情的特色物品！」

我嘀咕道：「嘩啊……我真是……太激動啦！」

我們穿過金色拱門……眼前的盛況讓我吃驚得目瞪口呆！

數不清的顏色、聲音和氣味輪番轟炸着我的感官。天空中布滿了形狀各異的熱氣球、飛船和飛艇。

我看到了以前從未見過的生物，包括：背上長着蒼蠅般小翅膀、在空中飛來飛去的巨怪和身披紅黃藍色彩的小精靈。那裏熱鬧非凡，擠滿了音樂家、舞蹈演員、走鋼絲的雜技演員、魔術演員、木偶戲演員、小丑、賣花人、畫家、廚師、手工匠、發明家、

雕塑家……每個人都在賣力表演，展示自己民族的特色和技藝。

我看見一位渾身金色皮膚的女士，居然能夠像彈奏豎琴一樣奏響一縷縷陽光！

還有三個小矮人，在五顏六色的巨型蘑菇上跳來跳去，表演精彩絕倫的空中雜技！

這讓我想起了童年時，爺爺帶我第一次觀賞老鼠島表演大會時的情景！

「真是大開眼界！」我讚歎道，我的心像冰淇淋一樣熱烈地快融化了。隨後，我轉過身，發現阿麗娜女皇不見了。

原來，我一直忙於欣賞表演，甚至沒有注意到和朋友走散了！

突然，天空中傳來一陣高呼：「快低頭，騎士！」

我趕忙遮住腦袋，抬起臉，只見……

　　一個外形古怪的飛行器擦着我頭頂掠過！

　　駕駛它的正是阿麗娜女皇！我趕忙四腳朝天倒在地上，以免被這飛行器撞翻！女皇在一片**煙塵雲**中着陸了。她咳嗽着向我解釋，説：「不好意思，騎士，咳咳咳，我還在學習如何駕駛這個飛艇國的新發明——浮動鞘翅機，這玩意需要用腳蹬！」

　　「確切地説，是採用腳踏推進模式！」一把聲

音從我們上方傳來說。

一道巨大的陰影從天上掠過，那是翡翠綠龍的翅膀。

說話的是馴龍員，我的好友羅倫！他和坐騎納瑞克總是形影不離！

「討厭鬼又來了！」阿麗娜女皇調皮地對我說。

別看他倆每次對話都會針鋒相對，其實，他們彼此深愛着對方。

羅倫用他沉靜自信的聲音歡迎我：「騎士，你來這兒的旅程還順利吧。我們一直盼着你到來。」

我鄭重地說：「很高興能再看見你們！」

我在上一次歷險時結識了羅倫，他是隊伍中不可或缺的重要成員。他一路上保護阿麗娜經歷千難萬險。在旅程結束之際，他做了一生中最勇敢的事，向阿麗娜敞開自己的心扉，並得到了阿麗娜的回應。

看到他們充滿愛意凝視彼此的目光，我感覺心像乳酪般融化了……

「你總是像影子一樣跟着我！」阿麗娜女皇說。

和往常一樣，羅倫心平氣和地說：「即使你身為女皇，阿麗娜。我的職責仍是保護你的安全！」

阿麗娜的語氣變得嚴肅：「那當**作戰**日來臨之時呢？你打算把我關在水晶宮的高塔裏麼？如果我畏縮躲藏不敢冒險，又該如何保護民眾不受帝國毀滅者的傷害？」

什麼什麼什麼？

誰要毀滅帝國？

一想到這些可怕的詞語，我害怕得鬍子都**豎**起來了，問道：「阿麗娜女皇陛下，是誰要毀滅帝國？就像古老神話中所示，你已獲得**皇冠**，正義的力量是這裏的主宰。」

　　阿麗娜女皇低聲告訴我：「唉，我的朋友，我們也希望如此。我們曾認為正義已戰勝了邪惡……可並非如此！儘管神話如此預言，但有些事不對勁，沼澤谷仍沒有解放，沒有重回昔日百花谷的輝煌！」

　　我的臉頃刻間變得像莫澤雷勒乳酪一樣慘白。沼澤谷是一片荒蕪、幽暗、惡臭的土地，最可怕的是……那裏布滿了一羣兇惡、難以抵禦的邪惡敵軍——

　　阿麗娜女皇急切地望着我說：「如果我們不能統一夢想國，這意味着沼澤谷會比我們預想的更危險。如果我們不能儘快阻止這個惡勢力的擴張，等到哪天敵人重新發動攻擊，我們的帝國就會灰飛煙滅！」

帝國的陰影

以一千塊莫澤雷勒乳酪的名義發誓，我簡直不敢相信自己的耳朵！

我焦慮得鬍鬚根根豎立。我們克服了那麼多危險才建立起來的夢想帝國……居然可能會**消亡？**

「我們需要你的幫助，騎士！只要團結一心，我們定能成功！」阿麗娜女皇對我說。

那一瞬間，果敢自信的阿麗娜女皇又回來了。她注視着地平線，堅決地說：「騎士，你來得正好。我們需要你將沼澤谷的軍團再次**擊潰**。我們不能再耽擱了！」

我深吸一口氣，回答她：「女皇陛下，交給我吧！」

阿麗娜女皇握住我的手爪：「謝謝你，騎士。我們曾擊退過沼澤谷的軍團，這次也一定行！你們

隨我去水晶宮，我們來擬定一個作戰計劃！」

當我望見地平線上水晶宮璀璨的尖頂時，一股勇氣從我心中騰起。一想到我即將再次跟看見老朋友——芙勒迪娜皇后（*也就是仙女國的皇后、阿麗娜的母親*）我的鬍鬚就幸福地翹起來！

　　我雙腳一踏進水晶宮大廳，就焦急地用目光尋找她的蹤影。但前來歡迎我們的，是一個長着兩撇長鬍子長鬍子的臣子，他手握筆記簿和鵝毛筆，急匆匆地向我們奔來，那是⋯⋯⋯**聰聰伯教授！**

　　我曾在上一次歷險時見過他，當時隱形軍團正在攻打水晶宮。

　　他高呼說：「我們都在焦急地等着你們！」

我們都在焦急地等着你們！

阿麗娜女皇詢問他說：「聰聰伯教授，你研究出**擊退**沼澤谷軍團的對策了嗎？」

「我們正在研究，我們日以繼夜地工作，卻仍毫無頭緒！我們必須立刻行動，不然就來不及啦！快快隨我來。我們的古怪天象專家團、奇聞軼事專家團會向你匯報最新情況！」

我們進入一個宮門寬闊的大廳。一羣模樣考究、**學識淵博**的專家們正在門前等候我們的到來。

阿麗娜女皇鄭重地為我一一介紹他們：「這幾位是**宮廷智囊團**成員，包括：博學教授、精確教授和探知教授。」

「騎士，很榮幸跟你見面！」幾位教授齊聲說道，隨後一個接一個朝我行禮。

排在隊伍最前面的一位教授，開始悄聲向聰聰伯教授匯報情況。

「什麼？什麼？你們大點兒聲！」聰聰伯教授吩咐，一邊拿起**放大鏡**豎在耳旁。

　　我聽不見他們的對話內容，只能從聰聰伯教授兩撇鬍鬚的形狀猜測形勢……

　　我們的命真是苦、很苦、太苦了！

驚訝

懷疑

沮喪

我感覺他們談論的內容沒有一個好**消息**！

聰聰伯教授的話證實了我的猜想，他說：「我們諮詢了所有的專家，查閱了所有的典籍，但是我們仍然毫無對策。請你們隨我前往夢想帝國地圖室商議！」

我們走進房間……喔喔喔，這地方真是不可思議！

整個房間都被鋪天蓋地塞滿了紙張，你們能猜出那些是什麼嗎？

是一卷卷**地圖**！

一位戴着眼鏡的官員跑上跑下地吩咐繪圖員：「快點兒，快點兒！畫呀，別停下！」

只見那些繪圖官員們正在不斷地描繪夢想帝國地疆土，添加新地版圖：一會兒上，一會兒下，一會兒左，一會兒右……這工作簡直沒完沒了……

阿麗娜女皇向我解釋：「夢想帝國還在不斷擴大，不斷接近它誕生時的規模。帝國的疆土如此遼闊，以至每天都有新的**王國**產生，所以我們的繪圖

員一直忙個不停！」

就在此時，戴眼鏡的官員宣布：「速速在怪獸國的和玩具國的東面加入巧克力郡！」

話音剛落，一根管子從牆內伸出，管內放着一卷紙，原來是巧克力郡的地形圖！

只見一位繪圖員取下卷紙，開始在一塊羊皮紙上繪製地圖，隨後再將這張圖附在夢想帝國的地圖上。這可是需要十分精準的技巧！

然而，在夢想帝國地圖上眾多美麗富饒的國度中……赫然印有一大塊灰色、泥濘、荒涼之地——

沼澤谷！

聰聰伯教授感歎說：「這就是我們的問題所在！如果我們不能改變這塊土地，它將逐漸吞噬所有的美好！」

阿麗娜女皇堅決地說：「如果我們在這裏找不到對策，我就會前往唯一能找到對策之地，沼澤谷！」

這時，**仙女國的芙勒迪娜皇后**走了進來。

她關切地望着我說：「騎士，我們都很想念你！」

　　隨後，她**憂心忡忡**地轉向阿麗娜説：「我的女兒，不要輕舉妄動。你不能去，那裏太危險！」

　　阿麗娜女皇卻十分固執，別過臉，説：「我們不能停在這裏，等着哪一天隱形軍團捲土重來攻擊我們！我們必須立刻行動！」

你不能去！

芙勒迪娜皇后反駁道：「可是，你甚至不知道前面等待你的將會是什麼，就要一意孤行嗎？我的女兒，我很欣賞你的決斷，正因為你的好性格，你才能獲得夢想帝國的皇冠。不過，你需要知道，身為女皇不僅需要勇氣，也需要等待的**智慧**。」

阿麗娜女皇回答道：「我們已經等待得太久了！我知道你想要保護我，但我能夠為自己的決定負責。管理一個帝國絕非易事。請你相信我，我必須親自去，這是我的**職責**！」

說罷，她帶上弓箭，躍上老虎黎明的背，如龍捲風一般竄出房間。

「阿麗娜！」芙勒迪娜皇后試圖制止她。

什麼什麼什麼？

我決不能讓我親愛的**朋友**，女皇陛下前往那危險之地！

於是，我和羅倫分頭攔截她。

我一邊向阿麗娜女皇奔去，一邊高聲呼喊：「別走！」

　　阿麗娜女皇就像離弦的箭一般在水晶宮的走廊裏*奔馳*。

　　幸好，在忙亂中，我的尾巴絆住了她。我翻滾了幾下，像個麵粉袋子一樣重重地壓在老虎黎明的尾巴上！

小心！

儘管老虎看起來不太高興，我總算攔住了阿麗娜女皇！

女皇對我說：「騎士，我必須出發，因為我義不容辭！我這麼做，為的是**拯救**我們的人民，否則形勢會更加惡化。唯有你們可以在旅途中助我一臂之力。但如果你們不願意和我一起走……我也理解你們。」

我歎了口氣：「其實我……」

只要想想自己要再次置身於那**邪惡**之地，我就嚇得汗毛倒豎，但我不忍心讓朋友孤身離開！

「我……我……和你一起走！」我下定決心說。

羅倫插話說：「你真是我遇到的最魯莽衝動的女孩……我絕不會讓你獨自戰鬥的。」

阿麗娜女皇感動地望着他，紅着臉說：「謝謝你，羅倫……」

隨後，羅倫對我說：「我真不知道該如何感謝你，騎士。等我們歸來後，我要為你立一座雕像！」

好吧，一座**嚇破**了膽的雕像！！！

「我們現在出發！」阿麗娜女皇目光堅決地說，「我相信，只要我們**團結一致**，就一定能成功！」

我希望她說的是對的⋯⋯

現在可不是打退堂鼓的時候，我們必須馬上出發，完成**叛逆女皇**的第一個任務！

新的任務

一轉眼的功夫，我們已經出發了！

我和羅倫一起騎在納瑞克背上，向高處飛去，飛得越來越高，直到阿麗娜女皇和白老虎黎明的身影縮成一小點兒……

眼下只有一個小問題——我有**畏高症**！在出發前，女皇為我換上我第一次遊歷夢想國時所穿特製的防護鎧甲，天知道萬一我從龍背上摔下時，這鎧甲能不能保護我？

我的臉變得像乳酪一樣蒼白，只能盡量提醒自己不要朝下看，不過我總是按捺不住，因為下方的**景色**太壯麗了！

我們掠過廣袤的林地，銀色的羚羊在林中奔騰。我們飛過色彩濃烈，鮮豔繽紛的森林、鄉村、城市，目睹冒出火星的冰川奇景，以及如海浪般起伏連綿

的陸地。**夢想帝國**的物種如此豐富多樣，甚至帶有極端的反差，簡直讓我嘖嘖稱奇！

要是我們運氣不錯的話，說不定夢想帝國還會有莫更佐拉乳酪國，或者甜酪酒國⋯⋯

我正沉浸在美妙的幻想中，羅倫叫道：「準備着陸！快往下看，越過那片林地就是**沼澤谷**了！抓緊了，騎士！」

我歎了口氣，只聽到風聲在我耳邊呼嘯：「我已經抓得很緊緊！」

以一千塊莫澤雷勒乳酪的名義發誓！我們簡直是徑直向地面撲去！

幸好，羅倫及時剎住韁繩，翡翠綠龍納瑞克宛如一片**葉子**般輕輕地着陸了。

阿麗娜女皇與我們會合後說道：「從現在開始，

我們必須時刻小心。我們還不知道沼澤谷邊界處，會有何物種出沒……」

我不好意思地舉爪提問：「呃，女皇陛下……難道我們沒有任何**計劃**嗎？」

「沒有，」我的朋友回答，「不過我們很快會有的。跟我來！」

為什麼、為什麼、為什麼我要經歷這麼多？!

我的汗毛緊張得根根豎立，突然我聞到空氣中散發着一股熟悉的味道。那味道好聞，很好聞，甚至可以說香氣四溢！

很快，我聽到一把聲音在嚷嚷：

「來**不及了**，來**不及了**！」

聲音剛落，一隻白兔像彈簧一樣竄出來！他身披一件小背心，忙不迭地盯着一個金色的**懷錶**：他看起來忙忙在趕時間！不過，我似乎曾在哪兒見過他？

52

沒過一會兒，我看到一個金色長髮**女孩**出現了，她身穿紅色連衣裙配白圍裙。

她似乎在追趕着白兔！

我好像也在哪裏見過她……

「**人人為我，我為人人！**」是誰在高喊口號？

只見四位留着小鬍子、身披斗篷的瀟灑騎士從灌木叢後蹦出來！他們讓我想起了……

對了！他們不正是**三劍俠**和達達尼昂*嘛！

*法國著名文學家亞歷山大·仲馬(又稱大仲馬)的名著《三劍俠》中的主角。

華生，要仔細觀察！

看你往哪兒逃？

遲到了！

答案參見第291頁。

握着懷錶的兔子，原來是白兔先生！

而跟在他身後的小女孩，其實是……《愛麗絲夢遊仙境》*裏的愛麗絲！

我簡直驚喜得不敢相信，在我眼前，恰恰在我眼前，的的確確在我眼前，出現了一大堆經典文學**小説**裏面的主角！

幾個火槍手看見我，齊刷刷地拔出劍交叉在一起，指着我的面龐。羅倫彬彬有禮地說道：「尊敬的火槍手們，如我們並未冒犯你們，可否把你們**鋒利**的劍尖從我朋友的鼻尖下移開？」

「不好意思！」達達尼昂說，「這是我們的職業習慣！不過你們是誰……」

當他們看到阿麗娜女皇走過來，他們的表情變得柔和了。

「女皇陛下，請寬恕我們的無禮！」達達尼昂單膝跪地說，「我們萬分榮幸，能在**書本郡**看見你！」

我開心又驚奇地問：「書本郡？！」

---

*他們是路易斯·卡羅名著《愛麗絲夢遊仙境》的主角。

「沒錯，正是此地！」阿麗娜女皇微笑着説。

「書本郡，是我們所有名著故事裏的主角們居住的王國！如果你們願意賞面，我們可以與瘋帽匠和三月兔一起吃茶點。喝下午茶的時間到啦！」

「簡直像在童話國一樣？」我好奇地問，回憶起在我第二次遊歷夢想國時遊歷過的那片美麗富饒的土地。

「並非如此，」説話的應該是那位名叫阿拉密斯的火槍手，「童話國的人物是我們的親戚。而這裏，是所有最著名小説主角居住的地方。」

　　親愛的鼠迷朋友們，你們有聽過一個詞叫「書蟲」嗎？嘿嘿，說的就是我！我喜歡閱讀，甚至可以說，我喜歡埋頭於書本中。原來，我之前聞到的那股美妙的香氣……是**書香**啊！

　　我興奮得鼻尖微微顫動着，急切地問：「這麼說，我能在這裏看見《海底兩萬里》中「鸚鵡螺號」的尼莫船長嗎？還有，《小婦人》中馬家四姐妹？《森林王子》裏的大反派老虎謝爾汗？」

　　「當然，而且不僅於此……」一個青年從樹後跑出來。

　　阿麗娜女皇用**崇拜**的眼神望着他說：「羅賓漢*！我的偶像！」

　　「啟稟女皇，正是在下。」羅賓漢單膝跪地，吻了吻女皇的手說。

　　阿麗娜欣賞地說：「我一直夢想可以成為你這樣的**神箭手**！」

　　「謝謝你的垂青，女皇。」弓箭手說完，就拔下一棵小草，將它擲向空中，隨後搭弓射箭，射中

*法國作家亞歷山大·仲馬的小說《羅賓漢》的主角。

了草葉！

「送給你，美麗的女皇，請收下這一份微薄的**見面禮**。」羅賓漢誇張地將小草獻給了阿麗娜女皇。

「咳咳！」羅倫清清嗓子，嘟囔着道，「我們還有更重要的事要做呢！」

我猜我的朋友有點**吃醋**啦！

送給你，美麗的女皇！

阿麗娜女王替羅倫解釋說：「羅倫的意思是，我們眼下有重要**任務**需要完成。我們必須馬上前往沼澤谷，探視那兒情況如何。根據古老的傳說，在夢想帝國誕生之時，沼澤谷就會變回昔日的百花谷。然而……似乎某種**黑暗**勢力在暗中破壞。我們必須查明真相。」

達達尼昂、愛麗絲、白兔先生、三劍俠和羅賓漢面面相覷，臉色變得十分**恐懼**。

「女皇陛下指的是……*那個地方*！」羅賓漢嘀咕着，他的自信一瞬間消失了。

「我恐怕陛下指的正是*那兒*……」達達尼昂**苦惱**地說。

「太可怕了！」愛麗絲感歎道。

「來不及了，來不及了！」白兔先生嚷嚷說。

究竟發生了什麼事?!

他們似乎很**害怕**説出某個詞,或某個名字……我不知道為什麼,但感覺我腳下的土地顫抖起來。阿麗娜女皇警覺地問:「你們在談論的是什麼?」

愛麗絲對我們説:「快快隨跟我們來,你們親眼看看吧!」

裂縫在……擴大……

在新朋友的陪同下，我們在**書本郡**城中心一路穿行，我……我猜不透他們在擔心什麼，這裏四周看起來一切井井有條！

我們登上如老虎黎明的皮毛般雪白的小山，那小山聳立在一座巨大的大部頭上。只見山頂上有一隻偉岸的**巨龍**在盤旋着，山坡上遍布美麗的仙人城堡，清澈的瀑布從山上潺潺流淌。

「這就是小說中的仙境峯。」羅賓漢向我們介紹說。

翡翠綠龍納瑞克向天空噴出一道熱情的**火焰**。

「那裏是巨龍喜愛的地方！」羅倫補充說。

「山下則是羣書陵，那裏埋着很多冗長晦澀的書籍。」羅賓漢指給我們看一座雄偉的建築，一本本大部頭充當建築的樑柱。

「那裏是你喜歡的地方！」阿麗娜女皇打趣地對羅倫說，一邊把他的頭髮揉亂。

「**文化**不分國界！」羅倫聳聳肩說。我猜他還在吃醋呢。

我們沿着一條風景如畫的林蔭大道步行，這裏的書頁散發出玫瑰香氣。「這裏是浪漫故事路。」羅賓漢一邊向阿麗娜女皇介紹，一邊向她投來愛慕的眼神。

終於我們來到一扇生鏽的欄柵門前。這扇門由一個面目可憎、嘿嘿**冷笑**的傢伙把守，透出陰森森的不祥氣息。

「這裏是恐怖故事聚集的陰森堡。」火槍手阿多斯告訴我們。

我們正向偵探小說區走去，突然⋯⋯我嗅到空氣中奇怪的氣息，之前美味的書

香消失了!

我很肯定,甚至可以說確定地說:空氣裏散發着霉菌……潮濕……以及**腐爛**書頁的味道!

「來不及了,來不及了!」白兔先生嚷嚷說。

我好奇地問:「呃,不好意思白兔先生,到底來不及做什麼?」

「來不及撒腿逃跑了!」白兔先生尖叫道。

愛麗絲歎了口氣,**害怕**地說:

「就在那兒,在書本郡的邊界處!」

書本郡的伙伴們齊聲唱了起來:

「一條大縫……

正在蔓延……

越變越寬……

毫不停歇……

進程雖慢……

心情很亂……

是誰所幹？

是何物在搗亂？

我們不知該怎麼辦！」

我問道：「你們到底說的是什麼？」

達達尼昂回答說：「不好意思，我們是小說的主角⋯⋯喜歡為讀者製造懸念！牠的氣息正在靠近。牠的到來不可避免，牠就是⋯⋯

巨灰魔

地平線上騰起一團灰雲，朝我們迫近。那灰雲像**濃霧**般蔓延，像泡沫般黏稠，彷彿一隻灰塵聚成的隱形怪物！

看起來，沼澤谷的那團灰雲已經越過它的疆土，不斷擴張。它所經之處仿如被女巫的魔法藥水噴過一般，萬物開始**凋零**。書本散發出霉斑的氣味，花朵全部凋謝，色彩變得暗淡，鳥兒不再歌唱，門窗鏽跡斑斑，屋頂搖搖欲墜，所有被它沾染的一切，都會散發出霉菌的氣味⋯⋯

最可怕的是，一旦任何生物沾染上這片灰雲，就會變得如**沼澤谷**居民一般陰沉、悲傷、消極！

我看到一位皇后，她從皇冠到衣裙全是灰色的。她目光呆滯，身上背着一張**皺皺巴巴**的撲克牌。

「啊，不會吧！」白兔先生
嚷嚷起來，「連紅心皇后也被
巨灰魔擊中了！」

《愛麗絲夢遊仙境》的
書頁全部損壞了、摧毀了，
散發出腐爛胡蘿蔔的味道！

「往下看……那裏是奧芝大王 *
的翡翠城。」羅賓漢指着一座**破敗**的城堡
説，「曾經這座城堡會散發出綠色光芒，就像你的
巨龍一樣閃亮。」羅倫評論道：「但是，現在它看
起來比**沼澤**裏的污泥更灰！」

翡翠綠龍納瑞克靠着牠
的馴龍員，從鼻孔裏呼呼
噴氣。

看來翡翠綠龍很不
喜歡那爛泥的顏色！

＊萊曼 · 弗蘭克 · 鮑姆作品《綠野仙蹤》裏力量強大的魔法師。

　　羅倫溫柔地撫摸着巨龍，安慰牠説：「別擔心，我的朋友！我們肯定比那團邪惡的**灰雲**飛得快！」

　　「説到飛……你們看看那兒。」阿麗娜女皇憂心忡忡地説，一邊指給我們一個身材瘦長、灰撲撲

的**男孩**，他正無精打采地躺在一根樹枝上⋯⋯一個身材嬌小的**小仙女**繞着他轉圈，她渾身也灰撲撲、頭髮凌亂⋯⋯

　　以一千塊莫澤雷勒乳酪的名義發誓！他們倆正是小飛俠彼得潘和小叮鐺＊！

　　「啊，不會吧！」我嘀咕說，「連他倆也被巨灰魔擊中了！」

　　阿麗娜女皇沮喪地對我說：「你們說……佔據沼澤谷的**邪惡**力量，會不會蔓延到書本郡？」

　　「會的，我的女皇！」羅賓漢的聲調變得十分嚴肅，「而且我們的世界……很可能會被徹底摧毀！」

　　「這股力量已經逼近所有地區和沼澤谷的交界處！」達達尼昂補充說，「快看！」他用劍指向地平線，只見巨灰魔一點點**蠶食**我們面前的土地。

　　危險已經逐步逼近……我們沒時間可以浪費了！

＊蘇格蘭著名劇作家詹姆斯・馬修・巴利的小說《小飛俠》中的主角。

「**救命！救命！**」

一把聲音高叫道。

那叫聲來自一個小女孩，她在逃難的過程中被荊棘藤蔓纏住了。

「巨灰魔快來啦！」

「那是紅髮女孩安妮，露西・莫德・蒙哥馬利作品《紅髮安妮》中的主角。」愛麗絲向我們解釋說。

「真可憐⋯⋯快啊，我們快去救她！」我朝那女孩奔去。

我們一個個敏捷得像老鼠，轉眼間就來到那女孩面前。正當羅倫努力解救她時，奇怪的一幕發生了，一陣灰色的　　風　　襲來，颳到了三劍俠和達達尼昂身上，隨後朝我們吹來⋯⋯但我們躲

開了！

「哼！」達達尼昂轉身不再管那女孩，嘟囔着道：**「人人為己⋯⋯高高掛起！」**

「說得好！」另外三劍俠吆喝着，各走各路去了。

　　就連羅賓漢也轉過身去，慢慢踱着步子離開了，嘴裏嘀咕説：「什麽劫富濟貧……還不如做點小生意！」

　　「**不不不不！**」我呼喊道。

　　我們的新朋友紛紛被巨灰魔擊中，於是他們也沾染了陰暗、自私、狂暴的灰暗性格！

　　唯有愛麗絲和白兔先生倖免於難，仍站在我們這邊……

所有惡棍中最邪惡之人

眼見這些獨一無二的領土危在旦夕！我們該如何與邪惡抗衡？

「形勢比我們所想像的更嚴峻，」叛逆女皇憂心忡忡地說，「**沼澤谷**已經存在了幾千年……從未越過邊界擴展。」

羅倫沉思着說：「就像智者曾經說：『如果無人反抗，**邪惡**就會四處蔓延！』，而我們不會讓它得逞！」

阿麗娜女皇下定決心，說：「沒錯！我們這就前往沼澤谷，會一會巨灰魔！」

「你們真*勇敢*，」愛麗絲說，「我也想和你們同去並肩戰鬥，不過說實話我擔心自己只會添亂。」

我安慰她說：「別擔心，愛麗絲。交給我們來

完成這任務吧！」

　　就在此時，我聽到有誰在歌唱，確切地説，在嘰哩呱啦地嚷嚷，那聲音簡直像生鏽的破自行車一樣嘎嘎作響。

　　那聲音從冒險小説林中傳來的！

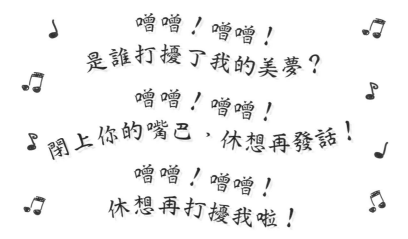

噜噜！噜噜！
是誰打擾了我的美夢？
噜噜！噜噜！
閉上你的嘴巴，休想再發話！
噜噜！噜噜！
休想再打擾我啦！

　　「是誰在説話？」阿麗娜女皇問道。

　　我們穿過樹林，只見一位女巫在吊牀上搖晃。

她看起來和普通的**女巫**沒什麼不同，至少和我在夢想國的旅行中見過的女巫一樣，露出邪惡的笑容、鼻子上長着肉瘤……她頭上帶了一頂**女巫尖頂帽**，帽子上有鑲着一圈紅寶石的小皇冠裝飾。只見她並沒配備女巫掃把，身旁卻有一把**雨傘**。真是太古怪了！也許這是最近女巫們流行的時尚服飾！

「你們這些英雄人物的對話真是煩人！」那女巫嘟囔着說，「別費心了，巨灰魔遲早會**吞噬**一切！何不好好享受一番！現在，如果你們允許的話，我要美美地打個盹！」

「她就是西方惡女巫！」白兔先生低聲說。

真煩人！

「自從神奇的奧芝國被巨灰魔毀滅後，她就變成這樣了！」

「沒錯，那個神奇的國家⋯⋯奧芝國！」一把低沉的聲音傳來，「你已經懶懶散散躺在**吊牀**上很久了！」

我們朝着那聲音傳來的方向望去⋯⋯說話的竟然是他！他是我們小老鼠文學愛好者的噩夢，他就是兇惡的、**可怕的**、無情的鐵鈎船長！

邪惡的西方惡女巫嘲笑他：「你就是曾經橫行七海的惡棍！如今連條小扁魚也不**懼怕**你！哈哈哈！」

「好吧，好吧，接着笑吧！」鐵鈎船長反駁說，「而你呢，甚至連桃樂絲那個稻草人朋友都打不過！」

「哼！你那個**鐵鈎手**毫無用處，就連用來烤肉串都不好使！」西方惡女巫諷刺他說。

「以我黑鬍子的唾沫發誓！」鐵鈎船長吼道。

「你好大的膽子！我可是所有惡棍中最**邪惡**之人！」

「而我比你更壞！」女巫嚷嚷說，以迅雷不及掩耳的速度從吊牀上跳下來。

「啊哈，是嗎？我要給你點顏色看看！」鐵鈎船長挑釁道，說完大步向湖岸邊走去，幾個小男孩正坐在那裏悠閒自在地釣魚。

他們中的一個戴着頂大草帽，褲腳捲到小腿，我立刻認出他來，毫無疑問，那是湯姆·索亞！馬克·吐溫故事的主角！

以一千塊莫澤雷勒乳酪的名義發誓，我多麼喜愛他的歷險故事啊！他讓我回憶起自己的童年時代！多美好的時光！那時的我全身心地沉浸在經典故事情節中，任憑時間流逝……

「你等着瞧，」鐵鈎船長說，隨後

運足丹田之氣大吼一聲……

「以一千個醜八怪的名義發誓！誰想嘗嘗我鐵鉤手的滋味？！」

只見男孩子們回頭看看他，呆了半晌，隨後……爆發出一陣響亮的笑聲！

　　隨後，他們繼續釣魚，若無其事，彷彿連一隻蒼蠅都沒飛過，只留下鐵鈎船長在一旁呆站着。

　　女巫捧着肚子大笑起來，說：「**哈哈哈哈**！這就是你的看家本領？你還是跟我學着點吧！」

　　說罷，她伸出鈎子般鋒利的指甲，瞪大眼睛，對着男孩子們唸唸有詞：「*嚕嚕！嚕嚕！西方惡女巫在此！*」

　　鐵鈎船長狂笑道：「**嘿嘿嘿**，就憑你這一點小伎倆，想嚇唬誰啊？」

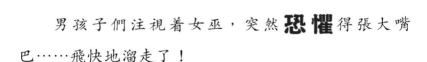

男孩子們注視着女巫，突然 **恐懼** 得張大嘴巴……飛快地溜走了！

「哈哈哈！看到了嗎？我怎麼和你說的，海盜船船長？」女巫得意極了。

「你等着看吧，他們怕的是我！」鐵鈎船長不服氣地說。正當他們為誰更可怕爭論不休時，一個巨大的黑影遮蓋了天空……僅僅瞥一眼它，就會讓人心驚肉跳。毫無疑問……

巨灰魔來啦！

原來那羣男孩子真正**害怕**的是牠⋯⋯而不是西方惡女巫！

　　「救命命命！」女巫喊道。

　　「以一千隻魷魚的名義發誓！」鐵鈎船長叫道，害怕得渾身發抖⋯⋯他們兩個緊緊**抱**在一起，從鬍子尖一直抖到尾巴尖！

　　誰能想到居然會看到這一幕呢？

救命命命！

那灰雲緩慢地移走了，空氣中仍瀰漫着煩悶、悲哀和恐懼的氣氛。鐵鈎船長與西方惡女巫趕忙分開了，兩個人尷尬得滿臉發**紫**。

阿麗娜女皇問他們：「你們能告訴我們發生了什麼事嗎？」

他們兩個面面相覷。

「好吧！」西方惡女巫歎了口氣。

「我先說吧！」海盜船長說話了，「我們曾是書本郡大名鼎鼎的兩個壞蛋……」

「大家都害怕我們！」女巫插嘴說，「從兒童到大人，無論是誰，只要看到我們駕到，都嚇得**大氣**也不敢呼！」

「多麼美好的黃金歲月啊……」海盜船長留戀地說。隨後，他補充道：「可是，好景不常，自從巨灰魔的邪惡勢力從沼澤谷開始蔓延並威脅我們的世界，我們**壞壞的個性**就沒法嚇到別人了。所有人都害怕沾染上巨灰魔的詛咒。和那個恐怖的傢伙比起來，我倆簡直是不值一提！」

以小老鼠的名義發誓……巨灰魔比壞蛋中的壞蛋更邪惡！

西方惡女巫評論說：「比起來自沼澤谷的邪惡力量，我倆簡直是變得不值一提……我們再也**嚇唬**不了任何人了。所以，我這段時間總是懶洋洋的，無論我怎麼努力，一切都是徒勞！」

鐵鈎船長伸出手臂拍拍她肩膀，說：「我們已經是窩囊廢、老古董、昨日黃花了。總有一天……**巨灰魔**也會吞噬我們！」

看到他們如此沮喪，阿麗娜女皇用她銀鈴般的聲音安慰他們，說：「別這樣說！你們可不能自暴自棄。要是我們聯合起來，就一定能成功！」

鐵鈎船長

他是小飛俠彼得潘的敵人。彼得潘是蘇格蘭作家詹姆斯·馬修·巴利筆下永遠不想長大的小男孩。

西方惡女巫

她是小女孩桃樂絲的主要對手。桃樂絲是萊曼·弗蘭克·鮑姆作品《綠野仙蹤》裏的主角。

以鐵鈎……和雨傘的名義！

「什麼？」西方惡女巫驚訝地説。

「啊？」鐵鈎船長也驚呆了。

「你説什麼？」愛麗絲和白兔先生齊聲驚歎。

「我們？你是説我們？」鐵鈎船長和女巫異口同聲地問。

「沒錯，正是你們！」阿麗娜女皇回答説，「你們與其在這裏自暴自棄，不如加入我們的**伙伴團**！如果我們能擊敗巨灰魔，不僅你們的世界能恢復如初，你們的冒險經歷更增添羣眾茶餘飯後的話題，讓大家更加懼怕你們。不要對自己失去信心！」

我和羅倫驚訝得面面相覷，這些小説中惡名昭著的大壞蛋……居然要加入我們的伙伴團？

以小老鼠的名義發誓，在所有**古靈精怪**的想法裏，沒有哪個想法比這個更匪夷所思了！

不過，女皇陛下知道她在做什麼，而我們相信她！

阿麗娜女皇激勵他們，說：「我肯定你們會更勝隱形軍團一籌。事實上，要對付**壞蛋**中的壞蛋……有誰比你倆這樣的大壞蛋更合適呢？」

海盜船長的眼中閃現出一道光輝。那光輝並非來自於他的鐵鈎，而是來自於他靈魂閃耀的自信！

女巫的**尖頂帽**也閃耀出驕傲的光芒！

鐵鈎船長說：「女皇陛下言之有理！巨灰魔試圖壓倒我們……但是，我們不會輕易低頭，一定會恢復昔日的惡名！」

女巫點點頭，說：「這是我第一次認同你說的話！我們的殘暴、我們的邪惡、我們的**無情**都去哪兒了？」

「是時候找回這些寶貴品格啦！」鐵鈎船長吼道。

「我們會重回昔日的惡名之巔！」西方惡女巫自豪地宣布。

「沒錯！」鐵鈎船長點頭同意。

羅倫**擔憂**地望着阿麗娜女皇，問道：「呃……你肯定這步棋是正確的？」

「十分肯定！」阿麗娜女皇回答。

咕吱吱……我真的非常、非常、非常希望**女皇**陛下是對的！

「其實……」女巫補充説，「自從那個小丫頭桃樂絲被巨灰魔擊中之後，我的生活就毫無樂趣了！」

鐵鈎船長評論：「沒錯……自從小飛俠變成反應遲鈍、懶洋洋的**呆瓜**之後，我也是悶悶不樂！」

女巫嘟嚷道：「要是我們不趕走巨灰魔，翡翠城就無法恢復往日的光輝，那我就算勝利也沒什麼可自豪！」

「要是我們不**趕走**巨灰魔，永無島就真消失啦！」鐵鈎船長説。

「呃……要是它本就『永無』，那還何談什麼消失呢？」女巫評論説。

鐵鈎船長用鐵鈎撓撓頭，說：「唉，別太咬文嚼字！」

　　隨後，他揮出寶劍，和女巫的傘尖交叉在一起，意味着倆人結為**盟友**。

　　阿麗娜女皇笑了起來，說：「看來新的友誼誕生了！」

　　「別那麼誇張！」女巫嚷嚷說，「應該說是……暫時放下**宿怨**！」

鐵鈎船長表示同意，說：「當然！一旦我們完成任務，對我而言，你就像從前一樣是個巫婆！不過現在我們結為盟友！而且，我還要暫時放下一位宿敵──**滴答鱷魚！**這傢伙總是神采奕奕，應該不會被巨灰魔擊中！」

阿麗娜女皇點點頭，說：「沒錯！巨灰魔的時間所剩無幾！」

「如果巨灰魔繼續以這個速度擴展的話，應該說我們的時間所剩無幾啦！」白兔先生焦急地說。

「還剩下多少時間？」

白兔先生瞅瞅**懷錶**說：「如果我們去掉睡覺和吃茶點的時間，那麼只剩下三千一百二十分鐘，外加三十秒和六個千分之一秒！」

以一千塊四季乳酪的名義發誓！兔子先生真精確啊！

羅倫飛快地心算起來，隨後宣布：「也就是說，

我們還剩下**兩天加四小時**了。」

　　我的眼睛瞪得滾圓，這個馴龍小伙子簡直擁有天才的大腦！

　　鐵鈎船長分析說：「最*快*抵達目的地的方法，就是沿着快樂文學河航行。我們從那兒徑直駛入沼澤谷，隨後抵達泥濘的厭世河。我是航海的專家，我們可以用我的**海盜戰船！**」

　　「你是説你那艘破爛船？」女巫嘲弄地嘎嘎大笑。

　　鐵鈎船長不服氣地説：「我的榮耀戰船只不過有點生鏽了，但仍然寶刀未老！船員們，前進！速速前往黑洞海的魚刺灣！必須先把我的戰船從**海溝**裏撈出來！」

嘿喲，嘿！

　　當我們趕到魚刺灣，我才發現鐵鈎船長的那艘海盜船並非只是有點**生鏽**而已。它看起來簡直像塊礁石，上面爬滿了軟體動物、帽貝、藤壺和蜆子！

　　這艘海盜船擱淺在海溝裏太久了，它的船身被一層層**海藻**如同綠色的斗篷般覆蓋着……

　　它埋在沙子裏太久了，以至於只有船首從沙土裏露出來……

　　它看起來如此灰暗陰森，在船首的雕飾上居然刻了一個……**骷髏頭**！💀

　　有些海藻從骷髏頭嘴裏冒出來，看似它的鬍鬚，還有一隻扇貝在骷髏的眼窩裏安了家……看到眼前這奇異的一幕，我甚至一點都不害怕了！

　　「我的寶貝戰船只需要小小修理一下，就能回復英姿！」鐵鈎船長説。

西方惡女巫捧着肚子嘎嘎大笑：「你確定它還能浮在水上嗎？也許我應該給它配個托座？」

「少廢話，你這可惡的女巫，幹點實事吧！」鐵鈎船長説道，隨後他抓起一根連着戰船的粗纜繩，吩咐大家説：「你們都跟正直無畏的騎士一起學習，他看起來很機靈！抓住繩子，騎士！」

説完，他從空中將繩子朝我拋過來。

我⋯⋯我上前一個**魚躍**，試圖抓住纜繩⋯⋯

但是，我撲了個空！

我雙臂交叉，掉了下來⋯⋯

唉喲！

嘩啦啦！

嘿！

我像塊大餅一樣，肚皮平拍在水面上！

簡直像個**大傻瓜**一樣！

「快抓住我！」鐵鈎船長向我伸來他的鐵鈎手。

我緊緊抓住鐵鈎，船長用力向上一提，我總算回到了陸地上。

「現在我們把**船**拽上來！」鐵鈎船長說。

「大家一起來！」阿麗娜女皇呼喚道，愛麗絲和白兔先生也都來幫忙。

我們就像拔河一樣提着繩子，使勁兒向後拉去。

嘿喲，嘿！
嘿喲，嘿！
嘿喲，嘿！

我很累、非常累、已經使盡全力，連骨頭都快散架了……然而，海盜船只移動了一厘米！！！

這艘海盜船真的太重了！

萬幸的是，納瑞克也來幫我們一起拉！多虧了牠的**巨龍**神力，船身終於緩緩升上水面……

「萬歲！」大家齊聲歡呼。

「大家做得好！」阿麗娜女皇滿意地稱讚。

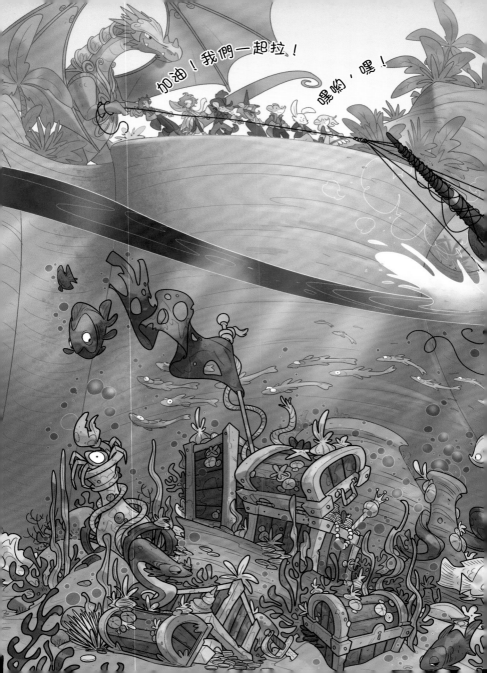

真可怕！

「這艘戰船真不錯！」

這艘戰船是經典故事裏貨真價實的**海盜船**，只不過海盜旗上撕了個大口子、船帆破破爛爛，船上安裝了一塊木板，俘虜就從板子上被趕進海裏餵鯊魚。咕吱吱！真可怕！

我希望自己不要踏上那木板！

「哈哈哈，的確是艘破爛船！」西方惡女巫露出諷刺的微笑。

「啊不，就像我和你們說的，這艘船對於我們的任務來說，真是再好不過了……」阿麗娜女皇評論說，「它的外形陰森，和沼澤谷當地灰居民陰鬱的氣質正相配，可以讓我們在那裏暢通無阻……方便我們暗中調查，避免被人盯上！」

羅倫有些擔心地說：「好吧……不過，既然我們早晚要面對巨灰魔……該如何才能進入沼澤谷的中心地帶，而不被巨灰魔侵襲呢？」

阿麗娜女皇歎了口氣：「這倒是一個難題。」

我們從未考慮過這個問題……

我們該怎麼解決呢？

我們的命真是很苦、很苦、太苦了！

還沒等進入沼澤谷，我們的計劃就……

「擱淺」了！

四個願望

　　現在我們找到了駛入沼澤谷的交通工具，卻不知該如何應對巨灰魔的問題。

　　「等等！我有主意了！」西方惡女巫叫起來。

　　大家都充滿希望地望向她。

　　「我們可以使用我這頂寶石點綴的**女巫尖頂帽**！」

　　「一頂帽子如何來幫助我們呢？」女皇問。

　　女巫解釋道：「在小說《綠野仙蹤》裏，這頂帽子只能幫助帽子的主人達成**三個願望**。不過，不久前在我打掃閣樓時，我找到了當初購買帽子時魔法用品商店提供的說明書……他們為最尊貴的客户，提供了一項**額外服務**，就是還可以再實現一個願望！」

　　隨後，她在口袋裏亂翻一通，説：「等等，我

把說明書放哪兒了？啊找到了！」

她摸出來一張揉成一團的**紙條**。

「我一直保留着這張紙，以便日後有需要時可以使用。」女巫宣布，「我覺得現在時機已到！」

我接過紙條，閱讀後不解地詢問她：「不好意思，西方惡女巫，但紙條上面寫着只能實現一個小願望。這是什麼意思？」

「唉！」她歎了口氣說，「我之前已經許完了三個大願望：**第一個**是統治溫基國的人民，**第二個**是趕走翡翠城的魔法師，**第三個**是派

尊敬的女巫
恭喜你！
你可額外實現
一個小願望！

飛猴逮住桃樂絲和她那羣討厭的伙伴們。
所以，我沒辦法再實現任何宏大的願望了，比如擊敗隱形軍團、拯救王國抑或是讓鐵鈎船長變得和從前一樣殘暴……」

　　鐵鈎船長嘀咕道：「等我們完成了任務，你就能恢復到從前那*瘋瘋癲癲*的樣子了，我也會變回橫行七海的惡棍！」

　　女巫補充說：「不過，我可以讓我們免受巨灰魔的侵襲！」

　　什麼什麼什麼？

　　女巫居然能夠保護我們？！

　　「你們速速圍着我站成一圈！我要開始……

女巫魔咒！」

　　咕吱吱！真可怕！

　　天知道那魔咒有多恐怖！

　　愛麗絲向白兔先生使了一個眼色，說：「我覺得我們是時候離開了。我們祝願你們在旅途中一路平安……能將*和平*帶回書本郡！我們會在白兔先生的洞裏等你們，你們一定能在那兒找到我們……」

　　我、阿麗娜女皇、羅倫、黎明、納瑞克和鐵鈎

船長將西方惡女巫團團圍住，她將女巫尖頂帽一直拉到鼻子上方，隨後開始施法……她像一個渾身發癢的大猩猩一樣繞着圓圈上躥下跳，隨後從口袋裏掏出一個長柄勺，還有一塊壓扁的乳酪，隨後她開始用勺子敲擊乳酪……

她口中唸唸有詞：

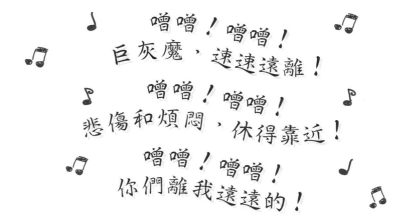

噜噜！噜噜！
巨灰魔，速速遠離！
噜噜！噜噜！
悲傷和煩悶，休得靠近！
噜噜！噜噜！
你們離我遠遠的！

「奇怪，很奇怪……」女巫嘀咕說。

隨後，她恍然大悟，說：「啊！看我這記性！我忘了這個啦！」她從口袋裏掏出一隻拖鞋，將它繞着腦袋揮舞三圈。剎那間，一股強烈的光環騰空而起，將我們團團圍住……

梅林的地圖

當那束強光熄滅後，我捏了捏自己的耳朵、鼻子和四肢，真是萬幸，我身體上下仍是完整無缺的！

「**魔法**奏效了！」西方惡女巫宣布，「巨灰魔將無法侵蝕我們，讓我們無所畏懼地駛入沼澤谷！」

我感覺自己和以往並無不同……不過魔法是**隱形**的，單憑我們的肉眼無法識別！

「多虧了你，我們解決了第一個難題。」阿麗娜女皇感激地說，「現在我們必須應付第二個難題：如何辨別方位，進入沼澤谷……」

「我們需要一張**地圖**，」鐵鈎船長嚷嚷，「就像我當年尋獲的瘸腿海盜藏寶圖一樣！那個大無賴！我還記得那時……」

「現在可不是聽你吹牛的時候，」西方惡女巫插嘴說。

「你**快開動腦筋**，想個辦法啊！」

　　鐵鈎船長靈光一閃，說：「有辦法了！我們可以去找魔法師梅林幫忙！我敢肯定，在他收集的一堆破爛之中，肯定有我們所需要的。」

　　好棒啊！看來我即將見到亞瑟王傳說中描繪的**傳奇魔法師梅林** *！

　　「問題在於梅林絕不會輕易讓我們進入他的工作室。」海盜船長補充說，「他的腦筋像榆木一樣頑固！」

　　阿麗娜女皇做出決定：「無論如何，我們先去找他，然後見機行事。請給我們帶路吧，船長！」

　　梅林居住的**房屋**坐落在奇幻小說坡的古代傳說洞裏。

　　我們抵達時，只見梅林正站在家門口，焦慮地

*想知道更多他的故事，可看《穿越時空鼠2：阿瑟王傳說之謎》。

揮舞着**魔法杖**，上上下下，前前後後。一隻青蛙
在他周圍蹦來蹦去。

「*啊，不會吧！*」梅林沮
喪地大叫，「除灰法術這一次
又失效了！」

「你好，梅林！」阿麗娜女皇向他問好。

「女皇陛下，」魔法師認出她來，「見到你真是太好了！我正在實驗除灰法術，以消除被巨灰魔侵襲的受害者身上的**魔咒**。但看來我還需要再研究一段時日……」

青蛙抗議道：「呱呱呱！呱呱呱呱呱呱呱 *！」

「呃……」梅林解釋説，「我的朋友比較敏感……不過我們言歸正傳，什麼風把你吹到我這兒來了？」

阿麗娜女皇神色凝重地説：「我們必須動身前往沼澤谷，查明巨灰魔來自何處。我們需要那裏的地圖以便找到**方位**，也許你能幫助我們！」

梅林嘀咕説：「連我最愛戴的亞瑟王也被擊中

---

*古老的青蛙語翻譯：
還需要一點時日？！你看看你都把強大的莫甘娜公主變成什麼樣了？

了……（除了我的朋友莫甘娜公主以外，不過她之前**脾氣**也很壞，所以擊中後和之前也區別不大）。」

「呱呱呱呱呱呱 * ！！！」

梅林繼續說：「我剛才說得是，我們言歸正傳！讓我想想……對了，我應該能找到它！我把它放在某個角落。請你們稍後片刻！」

隨後，他像老鼠一樣敏捷地衝進他神秘的工作室。

我們只聽見裏面傳來翻箱倒櫃的聲音……

「我肯定之前把它放在這兒了……」

砰！嘭！！哇！嗷！

「裏面一切還好嗎？」阿麗娜女皇問。

*古老的青蛙語翻譯：
我聽見你說我壞話啦，你這老古董！！！

　　梅林鼻青臉腫地出來了：「很抱歉我已記不清把地圖藏在何處了。不過，我找到了對你們有用的物品，那就是一本《沼澤谷旅行指南》！還有一套**防水套裝**，包括：橡膠靴、雨衣和防霉膠，以及治風濕病的束腹帶。你來試試看，騎士！」

　　我甚至連聲「吱」都來不及叫，梅林已經把緊身的**束腹帶**繫在我腰間！

　　我的命真是很苦、很苦、太苦了！

治風濕病的束腹帶

我氣若游絲地說：「非常感謝你，梅林先生，也許這個東西不太適合我！」

羅倫提議說：「也許我們一起在你的**工作室**裏找找，就能找到那張地圖。」

「不可能，」梅林反對說，「從來沒有人，今後也不會有任何人可以進入我的工作室。我能在自己**混亂**的工作室裏找到所需的物品。若連我都找不到，就說明這地圖根本不存在！難道你們不相信我嗎？」

「我之前就和你說過，他的腦袋像榆木一樣頑固！」鐵鈎船長低聲向我耳語。

羅倫仍試圖說服他：「當然，我們無意冒犯你！我剛才只是想說，我們團結一致，定能戰勝**困難**。十六隻眼睛總比兩隻眼睛看得清楚！」

梅林反駁說：「我的一隻眼睛勝過你們一百隻！既然你和我唱反調，那我就讓你試試看。隨我來！」

然後，他打開一扇小門，那扇門通往一條走廊。

而走廊的盡頭是另一扇更窄的小門，通向另一條更狹小的走廊。

接著，又是一扇小小的門、一條小小走廊、一扇小小小的門……一直到我們來到第七扇門，那扇門十分緊，我必須摘掉護腹甲才能鑽過去！

為什麼這樣一個**小房子**，要設計出這麼多條走廊和這麼多扇門呢？

我們總算來到了工作室。

「以無數個黑洞的名義，這真是魔法師待的地方！」鐵鉤船長讚歎地吹起口哨。

「大家一起來找**地圖**！」羅倫果斷下令。

我們大家團結一心……一會兒功夫就找到了地圖。

「在這兒呢！」阿麗娜女皇叫道。

呃……那地圖放在很顯眼的地方，不過顯然**梅林並沒注意到它！**

當阿麗娜女皇打開地圖，我發現地圖背面印着一個**小圖案**。我們並不清楚它的含義，也許它只是張小插畫，和地圖的風格一樣，上面布滿了精細的花紋⋯⋯

我們將地圖捲好，以便於隨身攜帶。如今我們已經拿到了夢想帝國**最黑暗之地**——沼澤谷的地圖，是時候重返魚刺灣起航了⋯⋯

比灰居民更灰！

一想到我又要見到隱形軍團（只是說說而已，其實隱形軍團是隱身的！）我就害怕得鬍鬚直**打顫**！

但我必須面對這一切，才能幫助阿麗娜女皇拯救夢想帝國！

為了看上去不像以往那麼無能，我壯起膽子**號召**大家，說：「我們立刻出發！謝謝你，梅林！」我徑直為朋友們開路，毫不猶豫地穿過七扇小門、七條走廊來到室外。我決心要邁着**堅定步伐**勇敢面對危險，面對未來不

我們立刻出發

可知的命運……咦！怎麼沒有人跟隨我呢？

「喂，騎士，」羅倫叫着我，「抱歉我失禮了，我想你忘了什麼！」

「忘了誰？忘了什麼事？」我驚呼道。

鐵鈎船長提醒我，說：「你那身顏色豔麗的**毛皮**，如何能夠混在沼澤谷的灰居民當中不被人盯上呢？」

以一千塊莫澤雷勒乳酪的名義發誓！我試圖讓自己看上去不像以往那麼無能……但我還是和以往一樣**傻**！

阿麗娜女皇笑着說：「鐵鈎船長言之有理！僅僅憑藉西方惡女巫的魔咒，來對抗巨灰魔是不夠的……我們必須努力讓自己融進環境，不被壞人發現！」

「我倒是有一個辦法，可以幫助你們！」梅林說。

「只要為你們塗上**灰汁**，你們就會比沼澤谷的當地居民更灰。這種灰色顏料十分神奇，遇到水、巨龍的火舌乃至大洪水都不會褪色！」

我提問說：「梅林魔法師，請你告訴我，如果

這顏料如此持久，那我們從沼澤谷回來以後該怎麼洗掉它呢？」

梅林眼睛注視着帽子尖，嘟嚷着着說：「噢……這個問題我們往後再想也不遲，如果你們還能平安回來的話！！！」

如果？？

我的命真是很苦、很苦、太苦了！

我肯定會被隱形軍團碾成鼠肉丸！

梅林從屋內抬出一個很大、十分大、甚至可以說巨大的鍋，將它拖出房外。

我好奇地查看鍋裏，只見裏面盛着一種濃稠的灰色物質、宛如**泥漿**……還散發出陣陣臭味！

只見白老虎黎明湊到鍋前嗅了嗅，然後厭惡地發出咆哮聲。

「打起精神來，我親愛的小虎！」阿麗娜女皇安撫牠，「我知道你不想弄髒自己雪白的毛皮，不過我們這次必須適應環境。這是為了完成**使命**！」

　　而魔法師又返回屋內，看似要去尋找什麼東西。

　　從屋內傳來一陣瓷器的碰撞聲，然後伴着梅林的叫喊聲：「以火花和閃電的名義發誓！我差點打翻了蒸餾器！」

　　隨後，是一陣瓦片的碎裂聲……以及梅林的叫喊聲：「以我大外甥鬍子的名義發誓！紮得我很痛啊！」

　　緊接着又傳來了一陣金屬撞擊地面的聲音，以及梅林一連串叫喊聲：「嘩呀呀，我到底把那玩意放到哪裏去了？」

　　就在我們已不抱希望的時候，梅林從屋內抱着一枝巨大的刷子走出來，提起刷子將鍋內的物質攪拌均勻（嘩啊！那味道可真難聞！）

　　隨後，魔法師用魔法杖點了點刷子……那刷子居然有了生命，開始在我們身上塗抹起來！

　　只見有一桶顏料從我的頭上渾身潑下來！很快，我們大家從頭到尾巴都變得灰撲撲，現在哪怕是小姪子班哲文看到我，也會以為我是沼澤谷的居民！

　　鐵鉤船長直抱怨：「我全身又灰又**臭**！讓我想起來，有一次，我和木腿仔那個老傢伙在走私港口打盹時，一羣海鷗在我們頭上盤旋，輪流往我們身上『劈里啪啦』地拉臭臭！」

　　「鐵鉤船長！！！」西方惡女巫連聲噓他：「你覺得現在我們有興趣聽你的陳年往事嗎？你還是和從前一樣**蠢**！」

真神奇啊！

「你這個巫婆，還是和從前一樣無趣⋯⋯你現在這副樣子，看上去比原來更**可怕**！」海盜船長反駁説。

你還是和從前一樣蠢！

「我真不知該如何感謝你，梅林。」阿麗娜女皇說。

「你可真夠 朋友 。」

一聽到這些話，魔法師嚴厲地盯着她。

難道女皇陛下說錯了什麼嗎？！

梅林警告我們說：「在沼澤谷，你們一定要避免使用積極的詞語！在那片積聚仇恨和悲傷的土地上，沒有人會這樣說話！尤其要注意⋯⋯」魔法師補充說，

「千萬、千萬、千萬不可提到列在古怪羊皮卷上的八個詞語！」

「古怪羊皮卷？！」我們驚訝地齊聲說。

梅林解釋說：「**古怪羊皮卷**是一張貼在沼澤谷入口處的公告。它出自古老邪惡的霍都斯魔法師之手，就是他將百花谷轉化為了沼澤谷。這張告示列明：如有人在沼澤谷境內提到羊皮卷上列出的任何正面、積極的詞語……就會立刻遭受**悲慘的命運**！」

阿麗娜女皇問道：「難道會被變隱形嗎？」

「比這更糟！」梅林說。

西方惡女巫問：「難道會被全身塗滿泥巴嗎？」

「比這還糟！」

我顫巍巍地問：「會……人……人間消失嗎？」

「也許吧。」

梅林沉默片刻，隨後用有點誇張的語氣說：「他們會被變為比隱形軍團更隱形的、永遠也無法恢復原貌的物種——

無形人！」

隨後，他補充説：「不過……在羊皮卷所列出的所有詞語中，只有第八個、也就是集合了前面七個詞語的首字母所組成的詞語是個例外。如果你提到這個詞語，你會變成無形人，但你仍有希望恢復原貌……儘管誰也不知道怎樣變回來！」

咕吱吱！真可怕！

「無形人」這個詞彷彿天空中劃過的驚雷一般讓我們心驚膽寒！

羅倫評論説：「我從未聽説過這類人。他們和隱形人有何不同呢？」

梅林用手拍拍腦袋，感歎道：「你們簡直是一無所知啊！你們應該知道，沼澤谷的居民可劃分為三類……」

隨後，他揮了揮魔法杖，一個巨大的**黑板**出現在我們面前。

他清了清嗓子，開始朗讀上面的字……

1. 灰居民
=悲傷＋憤怒＋煩躁
他們是沼澤谷的常住居民。

日常任務：他們居住在沼澤谷的爛泥裏，
到處調撥關係、散布焦慮。

2. 隱形軍團
=悲傷＋憤怒＋煩躁＋具備突然隱
身或現身的能力
他們是沼澤谷的軍隊。

日常任務：他們負責守衛領土，
揚惡除善。

3. 無形人
=永遠隱形！
古老的邪惡魔法師霍都斯規定，
任何心懷積極想法的人，
都必須立刻消失！
這些人的存在會威脅到沼澤谷，
因此他們永世為無形人、
永不翻身！

　　我不確定自己全聽懂了，不過我敢確定一件事：我們誰也不想變成**無形人**！

　　「現在是時候出發了，勇士們，」梅林說，隨後溫和地與我們一一握手告別，說：「我祝願你們一路平安！」

　　「呱呱呱呱*！」摩甘娜公主叫道。

　　「我們絕不會讓你們失望！」阿麗娜女皇堅定地說，「我們會讓快樂和色彩重回那片土地！」

　　我們回到鐵鈎船長的**戰船**，準備啟航：一個危機四伏的世界，正在前方等待我們！

　　咕吱吱！真可怕啊！！！

*古老的青蛙語翻譯：
祝你們好運！

前往
沼澤谷

古怪羊皮卷

　　我們從黑洞海出發，駛入快樂文學河。那裏的氣氛一片祥和，河水發出悅耳的叮咚聲。

　　五顏六色的**魚**在水下游動，微風輕撫過我的皮毛。

　　我簡直無法相信，過不了多久這水晶般剔透的河水就會轉為**污濁泥濘**的厭世河！

　　帆船一直全速前進，在到達沼澤谷邊界時行進速度開始放緩。這裏的水變得像鼻涕蟲分泌的黏液一樣黏稠！

　　「難怪這裏名為**厭世河**，船在這兒行進如此緩慢……簡直讓人忍不住心煩意亂！」西方惡女巫注視着腥臭泥濘的河水説道。

　　只見河面上漂浮着各種雜物，包括：魚骨、舊皮鞋、牛奶瓶、腐爛的水草、蔬菜根，還有我肉眼無法辨認的破爛東西。

　　鐵鈎船長嘟噥着道：「哼！這河水就像海盜船大廚做的味道蹩腳的湯！」

　　空氣變得很潮濕、非常潮濕，應該說潮濕極了，連我的鬍鬚也變得像海草一樣軟塌塌。

　　「真是臭氣沖天啊！」西方惡女巫摀着鼻子抱怨說。

　　「我們必須適應環境，」阿麗娜女皇提醒我們，「尤其要注意，別摀住鼻子，否則很快會被人認出

來！這河水對我們而言應該*芳芳*撲鼻，如同沼澤谷居民的鼻子聞到的那樣！」

咕吱吱！這可真是個挑戰！

突然，我們看到河岸邊豎立着一排排怪異的**頭蓋骨**  和**骨頭**——這是書本郡和沼澤谷的分界線。而我們……即將駛過這道分界線！

「你們快看！」羅倫說，「那一定就是梅林所提及的**羊皮卷**！」

只見一根長矛插在河岸上，上面掛着一張霉跡斑斑的羊皮紙。

紙上印了一行大字：古怪羊皮卷。我們正打算湊近仔細閱讀（反正船行進如此緩慢慢慢慢，甚至來得及打個盹！），突然我感覺不對勁⋯⋯

我費解地問：「羊皮卷上不是應印着那些**永遠、永遠、永遠**不能提到的詞語嗎？我怎麼沒看到？」

羅倫端詳着那張羊皮卷，陷入沉思。

「奇怪，非常奇怪⋯⋯似乎有誰打亂了全部詞語的字母！

古怪羊皮卷

如有人在沼澤谷境內提到羊皮卷
上列出的任何正面、積極的詞語……
就會立刻化為無形人！

1)

2)

3)

4)

5)

6)

7)

8)

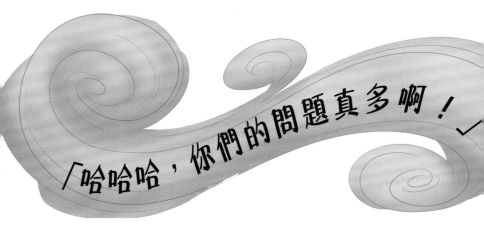

哈哈哈，你們的問題真多啊！

我豎起耳朵，問道：「說話的是何方神聖？怎麼一回事？啊？誰在說話？！」

此時，一陣**狂風**吹過，吹亂了我的毛皮，將西方惡女巫的帽子吹到半空中（*幸好羅倫趕在帽子墜入沼澤前抓住了它*），甚至吹得阿麗娜女皇險些失去平衡。我們向四周張望，周圍卻空無一人。就連老虎黎明和巨龍納瑞克也恐懼起來……這神秘的聲音似乎來自**虛無**！

鐵鈎船長高叫：「以一千條鯨魚的名義發誓，你是誰？有膽就報上名來！」

那聲音咆哮而來，宛如掀翻樹木的颱風般嘩嘩作響……

「我是費思魔，偉大的摧毀者。
我站在巨灰魔一邊，
熱愛痛苦和折磨。
是我掀起颶風，
吹亂幸福和諧的詞語，
為了給你們製造麻煩，
也為給自己找找樂子。
我喜歡挑戰遠道而來的行者，
看到你們化為無形人，
最讓我快樂！」

眼前殘酷的現實讓我震驚。由於這股惡風使壞，羊皮卷上的詞語都被吹亂了，只剩下橫七豎八的字母！

我嘟囔着說：「不好意思，費思魔。但是，這樣我們就無從知道哪些詞語禁止提及，並可能在不知情的情況下提到這些詞語……」

那陣風發出狂笑聲：

「沒錯，小老鼠！對你們而言
這絕對是一場災難！」

他發出一陣令我們毛骨悚然的笑聲，隨後不見了。

他悄悄溜走了、消散了、蒸發了，就像羊皮紙上那些正面、積極的詞語一樣**吹走**了！

我的命真是很苦、很苦、太苦了！

羅倫拍拍我肩膀給我鼓勵，說：「我忠實的朋友，恐怕這次旅程會比我們預料的更危險。我們必須非常謹慎，時刻留心我們說出的每個字。

不然我們就會永遠消失！」

鐵鉤船長嚷嚷說：「要知道，我們這些奇幻小說人物不僅喜歡懸疑，也熱愛扣人心弦的情節轉折！」

什麼什麼什麼？旅程一開始就如此不順，一切簡直不能更糟了⋯⋯

真可怕！

費思魔為了把大家變成無形人，
將羊皮卷上標注永遠、永遠、永遠不能
提到的詞語全部吹亂了！
我們的英雄們還能找到這些詞語嗎？
請和他們一起在旅程中留心尋找吧！
當你看到 ♡ 形出現時，
請將該詞語相應的英文說法

寫在本書最後的
羊皮卷上！

最後，請你將七個詞語的首字母集合
在一起，就能拼出第八個詞語了……所有
詞彙中最美好、最光明、最積極的一個！
也是唯一一個可以打破魔咒、恢復原貌的
詞……但是該怎樣變回來呢？

厭世河

在經歷這令人沮喪的時刻後，我們沿着厭世河繼續前行，進入蜿蜒曲折、臭氣熏天的沼澤谷。

這裏的一切，所有的一切，都是用泥漿、泥漿和**泥漿**做成的！

厭世河流經之處，水面上不時會冒出一串串含沼氣的巨大泡泡，我從未聞過如此**臭**的味道！鐵鈎船長驚叫：「以一千條魷魚的名義發誓，這味道真讓人作嘔！」

一陣濃霧靜靜瀰漫在河面上，散發出不祥的氣息：我無法用語言描述周遭的環境，只知道周圍的一切讓我感覺悲傷、不安和焦躁！

那是巨灰魔散發的臭氣！

138

揉一揉，聞一聞，
你就能嗅到
巨灰魔的臭氣！

多虧了西方惡女巫的魔咒，巨灰魔並未侵蝕我們的意志。

梅林魔法師為我們染的顏色也十分逼真，只見河谷兩岸的**沼澤谷**居民甚至懶得看我們一眼，一個個拉長了臉各走各路去了。我們真走運！

「啾啾！」女巫聞了聞空氣說：「我嗅到了魔法的味道……我可是這方面的行家！」她嘎嘎笑起來，「巨灰魔應該來自那裏。」

她豎起食指，指向聳立在地平線上的一座**城堡**。

「讓我來瞧瞧！」鐵鈎船長掏出望遠鏡觀察起來，「以一千頭掉了牙的海象的名義發誓，這城堡真恐怖！」

隨後，他將**望遠鏡**遞給我們，我們一個個透過鏡頭望去：這城堡外形十分怪異，豈止怪異啊？

簡直是詭異透頂，它居然全以泥漿建成的！

城堡的外牆上有很多面目猙獰的
泥漿怪獸雕塑裝飾，它的尖頂高聳入雲，
城堡正面有一扇大門，
看上去活像個血盆大口……也是用泥漿建成的！

真可怕！

阿麗娜女皇搭上弓箭，義憤填膺地說：「原來就是它威脅着整個帝國的和諧。我們這就前往那裏，結束一切**暴行**！厭世河會流經那座城堡，我說得對嗎，船長？」

鐵鈎船長回答說：「沒錯，但要想抵達那兒，就需要有滴水石穿的耐心！若是我們的船速一直如此緩慢，恐怕需要一個世紀才能抵達那裏！」

突然，在淒涼單調的茫茫河水中，我們瞥見一羣年幼**可愛**的小鴨子！

牠們的絨毛像棉花一樣柔軟，一個個瞪着天真無邪的大眼睛打量着我們！

多麼可愛的小傢伙啊！

阿麗娜女皇簡直看得心都要融化了，興奮地說：「真可愛！！！」她伸出手去想撫摸牠們。

我從未見過她如此**溫柔**！

老虎黎明充滿敵意地望着這羣小鴨子，而巨龍

144

納瑞克也開始煩躁不安。

「別把身體伸出船舷，阿麗娜女皇！」羅倫叮囑她，「我們並不清楚這裏埋伏着哪些**陷阱！**」

隨後，羅倫向我解釋：「她一看到可愛的小傢伙就不願走。我們小時候，有一次她堅持要把一窩被遺棄的蛋帶回水晶宮……這些蛋孵化出來的居然是……**蟒蛇！**」

阿麗娜女皇抗議道：「孵出來的分明是眼鏡蛇，你説話還像往常一樣誇張！啊，羅倫，你居然會懷疑這些可愛的、柔弱的、毫無自衛能力的小……」

以高更佐拉乳酪的名義發誓！這些模樣可愛的小鴨子突然張開嘴巴，露出了一排排鋒利的尖牙，變得異常兇猛！！！

真可怕怕怕怕怕怕！

牠們險些咬掉阿麗娜女皇的手！

轉眼間，牠們迅速衝向我們的戰船，隨後用**利齒**啃噬木頭做的船體！

這些可怕的鴨子簡直比食人魚還要貪婪！比捕鼠器還要迅猛。牠們大口大口地啃咬船身，頃刻間木屑像雨點般撒入水中。

「這些傢伙會**毀**掉我的船！」鐵鈎船長嗚咽地說，手裏緊握着舵。他恨不得撲上去張開雙臂，用自己的身體保護戰船！

　　但是，他的一切努力都是徒勞，這時船體已經破開了一個洞，我們不用多久就會入河裏了！我敢肯定，對那些鴨子來說，戰船只是一道開胃菜，我們幾個才是牠們垂涎的主食！

　　「永別了，朋友們！」西方惡女巫歎息道。

　　「我很榮幸結識你們！」

　　眼看我們就要沉入河中，突然空氣中響起一陣滴答聲。

滴答！滴答！滴答！滴答！滴答！滴答！滴答！滴答！滴答！滴答！滴答！滴答！

　　鐵鈎船長的臉色變得像乳酪般慘白，他驚呼：「啊，不！我簡直無法相信！那可怕的巨獸！牠居然跟蹤到這兒來啦！」

　　我追問：「牠是誰？」

　　他大喊一聲：「**滴答鱷魚！**」

鐵鈎船長是我的，只有我配吃他！

以一千塊四季乳酪的名義發誓！

只見一條身材龐大的**鱷魚**疾速向那些怪鴨游去，隨後張開血盆大口，露出一排排利齒！

那些鴨子正準備展開襲擊，當他們一看到這鱷

嘎！

魚恐怖的微笑和**三百顆利齒**……

「嘎！嘎！嘎！」

鴨子們頓時嚇得**魂飛魄散**，逃得比光速還快！

我簡直無法相信自己的眼睛：這條巨鱷居然庇護了我們，拯救了我們！

牠簡直是我們的大英雄！

當巨鱷發現鐵鈎船長就在我們之中時，牠的大眼睛閃爍出飢餓、貪婪的**目光**，這可真讓我們不安！

鐵鈎船長開始在戰船上四處躲藏，而那巨鱷時刻盯着他的身影！

「看我甩開你！」鐵鈎船長恐懼地嚷嚷。接着，他心驚膽顫地**爬上**桅杆，腳下直打滑，最後顫顫巍巍爬到了戰船的纜繩上。

他的速度還不夠快，大鱷魚像閃電一般跳出水面，一口咬住了他的褲子。

「**嘩呀呀！**」鐵鈎船長大喊。

149

救命啊！

　　巫爆發出一陣響亮的大笑。

　　「哈哈哈哈！你的內褲上居然印着小心心圖案，看來你要想成為一名真正的惡霸，還要多經歷練啊！」

　　此時，鐵鈎船長的注意力全集中在滴答鱷魚身上。

　　「你怎麼總是我跟着我！」他嚷嚷說，「我一聽到你肚子裏鬧鐘的滴答聲，就立刻認出你來了！你怎麼一路跟我到這裏？」

　　「嗷嗚嗚嗚！」這吼聲就是鱷魚的回答。

幸好，羅倫懂得龍語，也略懂一些鱷魚的溝通語言，他試着為我們翻譯鱷魚**吼聲**的含義。

他解釋説：「鐵鈎船長，我相信這頭巨鱷剛才的舉動是為了趕走競爭者，牠認為你是牠的獵物，只有牠才配吃掉你！」

滴答鱷魚點點頭，眼神裏流露出讚許的目光。

「**嗷嗚嗚！嗷嗚嗚！嗷嗚嗚嗚！**」

牠開始繞着戰船歡快地游動。

羅倫繼續解釋説：「我感覺這條巨鱷很喜歡你呢，船長！你是他最愛的獵物！」

「真是三生有幸！」鐵鈎船長氣呼呼地回答。

女巫補充説：「我猜牠願意一路陪伴我們，為我們保駕護航！」

「是啊，一直到旅程結束，」鐵鈎船長哼唧説，「然後牠就會把我吞下肚！」

「喲，在我看來牠倒很**可愛**！阿麗娜女皇評論道，「而且牠全身都覆蓋着泥巴，可以一路在沼澤谷守護我們，不會引人耳目。」

「你又愛心氾濫了！」羅倫歎口氣說。

阿麗娜女皇說：「我有一種直覺，大鱷魚將在旅途中保護並幫助我們，就像牠剛才對付攻擊我們的怪鴨那樣。」

西方惡女巫插嘴說：「我不想打擾你們，但你們是不是忘了一件事？我們的船正在**下沉**啊！」

對呀！我們怎麼這麼粗心！

在我們的全力配合下，鐵鈎船長展現出他臨危不亂的船長領導能力。他以一溜煙的速度就把破洞**補**上了。

隨後，他更用鐵鈎當針來穿線，自己補好了褲子！他可真是十八般武藝樣樣精通啊！

與此同時，大鱷魚在我們船邊游來游去，不時向潛在的競爭者投去兇狠的目光。牠已經準備好使出渾身解數，來捍衛牠的獵物……我只希望牠可別想換換口味，捉隻小老鼠**嘗嘗鮮**！

灰護衛

在我們新伙伴的守護下，我們繼續航行，不過我們的行進速度很慢、非常慢、應該說慢得似乎永遠沒有盡頭！

前方目的地似乎並非離我們越來越近，而是越來越遠。那座**城堡**在灰霧中時隱時現，彷彿海市蜃樓一般。

「我們到不了那裏⋯⋯永遠永遠也到不了⋯⋯」西方惡女巫開始抱怨起來。

阿麗娜女皇為她打氣，說：「別灰心！別忘了你可是奧芝國最令人畏懼的傳奇人物！」

「我知道，」西方惡女巫歎了口氣說，「但是，**悲傷**是刻在我骨子裏的！我住在西方，太陽從那裏沉落⋯⋯我的姊姊東方女巫性格更開朗，因為她住在太陽升起的地方！」

可憐的女巫……現在連我也漸漸感到**洩氣**了！

鐵鈎船長試圖提升團隊的士氣：「加油吧，伙伴們！等我們到了目的地，每個人都能吃到雙倍的沙甸魚！」

可是，隨着我們被周圍**死氣沉沉**的景象包圍，逐漸一個個也沒了精神。

「我真懷念翡翠城的綠意……」女巫喃喃地說。

我傷感沮喪地望着潮濕泥濘的河岸……四周一切都是灰色、灰色、灰色……黃色、紅色、藍色、粉色、綠色、紫色……

那是什麼？怎麼回事？從哪兒突然冒出這麼多顏色？！我剛剛看到的是**鮮花**嗎？這怎麼可能，我肯定是在做夢！

呼哧！ 呼哧！

以一千塊莫澤雷勒乳酪的名義發誓！我並沒看錯！在一片灰色世界中，赫然出現了一片美麗芬芳，盛開着五顏六色鮮花的灌木叢！

我大聲呼喊朋友們：「你們快看那裏！」

呼哧！ 呼哧！

　　而在另一處地點，突然從土地冒出一棵**大樹**，上面長滿綠葉、果實纍纍！

　　「這⋯⋯簡直不可思議！」阿麗娜女皇驚呼道，眼睛裏閃爍着興奮的光芒。「你們再看那裏⋯⋯在那兒，就在那兒！」

　　在我們幾乎被憂鬱擊倒時，眼前美麗的景象溫暖了我們的**心**。

　　我們望見了美麗的植物、綠藤、宛如火焰般璀璨的花冠⋯⋯

　　「**通通滅掉！！！**」

　　突然，一聲喝令通過大喇叭傳到我們耳朵。

只見一輛巡邏車開了過來，伴着呼嘯的警報聲！這輛車的車身印着幾個大字：

灰護衛

「此地發現了危險的彩色萌芽！快快噴射霉菌消毒劑！」一名灰護衛透過大喇叭高聲宣告。

只見三名戴着護衛大蓋帽的灰居民拿出高壓水泵，對着彩色的植物一通猛噴。強力霉菌頃刻間擊中了所有水果和鮮花，它們立刻**枯萎**了。

灰護衛們行動迅速，將大自然的色彩全部抹殺……所有色彩在我們眼前消失了！應該說，被他們殘酷地鎮壓了！

灰護衛通過大喇叭宣布：「任務完成！」

隨後，他們補充宣布：「在嘟喂池塘發現新的危險彩色萌芽！速速前往那裏！」

說完，他們一溜煙開走了，就如同他們來時一樣迅速，只留給我們一片死氣沉沉的灰色**景象**。

「啊，太糟了……」西方惡女巫嘟囔着。

「啊，太好了！」阿麗娜女皇宣布。

大家都狐疑地望着她。

女皇解釋説：「我明白了，雖然大自然的色彩被抹去了，但最重要的是**希望**仍在！」

「説的好，小丫頭！」鐵鈎船長點點頭。

阿麗娜女皇微笑地回應他：「即使灰護衛們將色彩撲滅，很快色彩又會從另一處萌發出來。否則他們為什麼要專門派遣隊伍來四出執行任務呢？」

聽完這番話，我的內心宛如冬日暖陽下的乳酪般融化了。

大家感覺到希望重回我們的心中，那些在灰色天地中綻放的**彩色花朵**，提醒我們這裏並不僅僅是敵人的巢穴，更有值得我們守護的一切存在着……

說到一半就吞下肚的詞語

　　我們精神抖擻地沿着河道前進，駛向那座巨灰魔出入的城堡。

　　這時，就連西方惡女巫情緒也變好了，她告訴我們：「我感覺好多了！那些翡翠般的綠色真**美妙**（Fabulous）……♡」

　　她剛要說完最後一個詞語，突然……　**噗！**

　　她的鼻子消失了！

　　「咦，我的鼻子呢？」她望着自己消失的鼻子嚷嚷。

　　幸運的是，她立刻停住了話語，很快**鼻子**又回到了原位！

　　阿麗娜女皇嚇得倒抽一口涼氣，說：「看來我們發現了古怪羊皮卷中禁止提及的一個詞語！」她提醒大家：「你差點就變成了無形人！」

　　哆哆哆……真可怕！

　　羅倫補充說：「我們必須更加小心！」

　　我提問：「那我們該怎麼做呢？因為我們平時說話……總是脫口而出！」

　　羅倫向我們解釋說：「當我們要說出正面、積極的詞語時，我們可以盡量使用它的**近義詞**，或者**拐彎抹腳地表達**！」

　　鐵鉤船長馬上示範說：「巫婆，你剛剛應該這樣說：那些翡翠的葉子，還真不討人厭！」

　　「說得好！」羅倫誇獎他。

　　「嗷嗚嗚！」大鱷魚也讚許地咆哮一聲，似乎很欣賞牠最愛獵物的這份幽默呢。

　　西方惡女巫**指着**海盜船長說：「哼！你給我聽好了！你的鐵鉤子居然還能當開瓶器，並非那麼不中用！」

唉喲！

「這可不好笑，而且離題了！」鐵鈎船長嘟嚷着說。

不過，我卻覺得很好笑，十分好笑！我評論說：「女巫小姐，雖然你總說自己天生憂鬱，不過你的冷笑話讓我聽得很**快樂**（Delightful）……♡！」

噗！

我趕忙住嘴了！我的**尾巴**消失啦！

「唉喲！」我驚叫說，「我是想說，你的冷笑很獨特，真令我**着迷**（Enchanting）……♡」

噗！ 噗！

162

以一千塊莫澤雷勒乳酪的名義發誓！現在我的兩隻~~耳朵~~也不見了！

此刻，我的大腦亂成了一鍋粥，我機械地說：「我是想說，你的冷笑話很獨特，真是太……」

「快住口！！！」阿麗娜女皇朝我叫。

我總算反應過來了……

不一會兒，我的尾巴和耳朵又恢復到了原來的位置……呼呼呼……剛才真是好險啊！

剛才，有一刻我感覺自己肯定要變成……

無形人！

女巫說道：
「騎士，謝謝你剛才的讚美！不過，比起聽到你的讚美，我還是更希望能在以後的日子看到你！」

「騎士，剛才我們真是太險了，」阿麗娜女皇對我說，「不過事情也有積極的一面，我們又發現了三個羊皮卷上禁止提到的詞語！」

的確如此！我剛剛身處險境，但至少我們向前邁出了一

大步！

我們互相交換寬慰的笑容，而黎明和納瑞克（現在再加上滴答鱷魚）卻顯得**焦躁不安**。也許他們嗅到了什麼危險的氣息⋯⋯

阿麗娜女皇撫慰老虎說：「黎明，是什麼讓你不安？」

我並不清楚答案，但我也感覺似乎有誰在暗中盯梢⋯⋯

就在此時，我看到河岸的大柳樹上有兩隻圓滾滾的大眼睛在一閃一閃。

「外來客！外來客！」

有生物高聲叫喊，從陰影裏蹦了出來。

以一千塊莫澤雷勒乳酪的名義發誓！

那是一隻身形異常巨大的、長滿鱗片的、遍體灰色的……

變色龍！

你知道羊皮卷上
提到哪三個詞語嗎？
請把它們相應的英文說法寫在
本書最後的羊皮卷裏。

外來客！
外來客！
外來客！

灰變龍

那隻狡猾的生物高呼道：「警報！警報！」

這下完了，牠一定是沼澤谷的探子！

牠還在聲嘶力竭地高喊，這時牠瞥見了從水面上浮起的滴答鱷魚。大鱷魚背上原本沾着的**灰泥巴**脫落了一大片⋯⋯露出身上綠色的皮膚！

那變色龍突然變了語氣，激動地高呼：「多美的顏色！我⋯⋯我忍不住了！」說完牠徑直向**大鱷魚**背上跳去！

鐵鈎船長嘲諷地說：「以一千條鯨魚的名義發誓！親愛的小變色龍！我勸你還是趕快**游走**⋯⋯」

變色龍還沒反應過來，鱷魚已經向牠露出了**利齒**！

「救命！！」牠絕望地呼喊着，圍着戰船拚命划水，鱷魚在後面窮追不捨！

羅倫一刻都沒有猶豫，就跳進泥濘的水裏，撈起變色龍，然後拚命撐着鱷魚的血盆大口，牢牢舉起牠。而變色龍還在拚命地在空中掙扎，試圖溜走。

羅倫簡直是鱷口逃生啊……但他毫不畏懼、十分果敢，如同一位真正的**騎士**！

他成功馴服了滴答鱷魚，在我們的幫助下，他抱着變色龍爬上了甲板。

「你是誰？你對我們有什麼企圖？」變色龍登上甲板後，阿麗娜女皇連聲詢問牠，眼裏閃出怒火。

那個爬行動物嘟嚷着說：「我……我是一條灰變龍，我為隱形軍……軍團工作，充當他們的耳……耳目。」

「灰變龍？！」我狐疑地問。

「是啊，我是存活千年以上的古老變色龍家族後裔，十分稀有。當沼澤谷還是昔日的百花谷時，我就在此生活。我熱愛五彩繽紛的大自然。我喜愛伏在各種顏色上，觀察各種色彩的微妙差別。自從魔法師霍都斯施了法，我的世界就變得一片灰暗。我身上的顏色也和單調的背景環境一樣，變得灰撲撲！從那以後，我感覺越來越悲傷……因此當我發現了鱷魚背上的一抹綠色時，感覺對顏色的渴望又被喚醒了！我簡直無法抗拒靠近它！我太想念大自然了！」

「啊，可憐的小變色龍，我也很明白你的心情，」鐵鈎船長感歎說，「我也很懷念書本郡從前色彩豐富（Rich）…… ♡」

就在此時……鐵鈎船長的

鐵鈎消失了！

幸好，他及時打住話頭，

過了一會兒……**噗**！

鐵鈎又出現了。

船長爆發出一陣狂笑，說：「哈

哈哈，差一點我的鐵鈎就永別啦，不過，

這樣我們找到了古怪羊皮卷上禁止提到的**第四個**

詞語！」

灰變龍仍沉浸在牠的回憶中，繼續描述：「有

一次，我實在太想念色彩了，就跳到了泥地裏冒出

來的**彩色**萌芽上……然後我的身體也變成了藍色、

黃色，甚至棕色！當然

這行為違反了規定！灰

護衛們強迫我褪去其他

色彩！他們沒有取我的

性命，只因他們認為我

是個做間諜的好材料，

我的鐵鈎啊！

你知道羊皮卷上
提到的第四個詞語
是什麼嗎？請把它
相應的英文說法寫在
本書最後的羊皮卷裏。

171

圖中隱藏了8隻
灰變龍，你能把
牠們找出來嗎？

答案參見第291頁。

因為我能與周邊環境融為一體……

我本應把你們的行蹤向灰護衛匯報，這位勇士的俠義之心感動了我，他冒着生命危險，將我從鱷魚嘴裏救了出來！因此我要報答你們！」

阿麗娜女皇回答說：「如果你能對我們稍加指點，我們會十分感激。我們一直沿河道航行，希望前往巨灰魔所在的**城堡**，然而那城堡忽近忽遠……似乎永遠也到不了！」

變色龍告訴我們：「我向你們保證，你們沿着河道永遠無法抵達那裏！這是魔法師霍都斯的**掩眼法**，從未有誰能進入那座城堡，除了城堡的主人！」

「啊，不會吧！」我叫起來。

「如果我們進不去，我們就無法讓夢想帝國恢復**美好**（Nice）……♡」

以一千個莫澤雷勒乳酪的名

難呀呀！

義發誓，我的手爪正在消失！

儘管我渾身像篩糠般抖個不停，但至少我發現了羊皮卷上禁止提到的**第五個**詞語！

你知道羊皮卷上提到的第五個詞語是什麼嗎？請把它相應的英文說法寫在本書最後的羊皮卷裏。

灰變龍微微一笑：「騎士，別灰心！我知道有個辦法可抵達那座灰暗城堡，就是利用珍貴無比的**永生石**——百花谷就從這塊寶石上誕生的！」

聽到這番話，我們陷入了一陣

沉默。

「在哪兒可以找到它？」阿麗娜女皇急切地問。

「在多霧山，也就是國內海拔最高的山峯。」灰變龍說，「可惜我無法再告訴你們更多了。」

「你已經告訴了我們很多。」阿麗娜女皇感動地握住灰變龍的前爪說。

灰變龍瞪大眼睛，叮囑我們說：「你們千萬**小心**城堡的主人，他是一切痛苦的源泉、悲觀情緒的主宰、黑暗的守護神、灰色的締造者；他能使悲傷者更沮喪，讓快樂者變憂傷；幾乎沒有誰能逃脫他的魔爪！」

聽了這番話，我害怕得鬍鬚抖個不停！

臨別前，阿麗娜女皇遞給灰變龍一個小禮物，那是一枚我們在夢想帝國集市上買的**藍色榛果！**阿麗娜女皇一直將它放在口袋裏，所以梅林神奇的灰顏料也未能將它染灰。

「這個送給你，把它藏好了！」小女皇交代說，「這是屬我們的小秘密，它會帶給你勇氣，讓你憶起**百花谷**的燦爛色彩，總有一天，所有顏色會重回這片土地！」

灰變龍緊緊握住那枚榛果，榛果的藍色光芒將牠的爪也映亮了。一滴小小的**眼淚**落下來，打

濕了牠的爪。

　　牠感動地問：「你說顏色會回到這裏嗎？」

　　阿麗娜女皇莊重地回答：「我並非只是說說，而是向你承諾！」

前往險峻的多霧山

我們調整航向，開始駛向多霧山，它直插灰色天空，氣勢宏大，而且十分險峻！

我的命真苦啊！從來沒有哪次歷險，可以讓我免於攀爬陡峭的高山！不過，一想到山中蘊藏着能夠助我們完成使命的珍貴**永生石**，我就感到自己又充滿了幹勁。我們的船在河中拐了個彎，令我恐懼的時候終於到了，我們必須跳下戰船，開始進入沼澤**泥灣**，前往散發着**臭味**的多霧山！

「鼓起士氣，下船啦，伙伴們！」鐵鈎船長將沉重的鐵錨拋入渾濁的河水中。

隨後，他將一條布滿蛀蟲眼的長木板架在河岸上，充當連接甲板與河岸的橋樑。

西方惡女巫排在最後一位下船，一臉猶豫。她甚至對着河水撐開傘，眼裏滿是恐慌！似乎她很害

怕……**水**！

　　羅倫看到這一幕，彬彬有禮地向女巫伸出援手，安慰她說：「別害怕，這座橋還算結實。」但他話音剛落，木板就發出鬆動的聲響：**吱嘎**！

　　鐵鈎船長哈哈大笑：「看來你要想成為一名真正的惡霸，真是任重而道遠啊！」

　　「看你這話說的，真討厭！」女巫說，「這又不是我的錯，都怪《綠野仙蹤》的作者。水是我最大的敵人，一旦我身上濺上水，身體就會像牛油一樣**融化**！」

難怪她總是

撐着！

難怪鐵鈎船長建議我們沿河道
前進時，她極力反對！

最後，她總算平安地走到岸上。我們一起向多
霧山進軍！

「每個人都有自己**恐懼**和害怕的東西，你別擔
心。」我以一副紳士鼠的口吻對她說。

小心，阿麗娜！

嘩啊！

　　阿麗娜女皇欣賞地望着我，感歎説：「我的朋友，只有你什麼也不怕。怪不得人們都叫你**正直無畏的騎士**！」

　　「我嗎？？？」我説，「其實我⋯⋯我比在場的各位都膽小！」

　　我們的腿腳不時會陷入泥濘的沼澤中。「哎，真可怕！」阿麗娜女皇叫起來。

　　羅倫微笑着對她説：「當我們還是孩子時，你最喜歡玩泥巴了。我記得你每當下雨時，就會奔進潮濕的樹林裏⋯⋯而且還要硬拉上我！你的媽媽簡直不知道該拿你怎麼辦，每次你回家，都從頭到腳一身**泥巴**！」

　　阿麗娜女皇將微笑隱在一縷秀髮

中。「媽媽……」她喃喃地低語，「我猜她現在也不知道該拿我怎麼辦……至少當我**年幼**時，我只不過是身陷泥中，現在的我卻是身陷國家危難之中！」

「你千萬別這麼說，」我試圖給她打氣，「你此行是為了拯救整個王國！芙勒迪娜女皇會為你驕傲！」

羅倫贊同地說：「是的，當年你還是個孩子時，個性已很大膽、活潑，充滿**想像力**（Imaginative）…… ♡」

噗！

以一千塊莫澤雷勒乳酪的名義發誓！

羅倫的一條**手臂**突然消失了！

幸好，他及時住口，才沒有變成無形人，很快手臂就恢復了原狀。

我的手臂！

就這樣我們找到了古怪羊皮卷上禁止提到的**第六個**詞語！

你知道羊皮卷上提到的第六個詞是什麼嗎？請把它相應的英文說法寫在本書最後的羊皮卷裏。

阿麗娜女皇如釋重負地鬆了一口氣，她下意識緊緊摟住羅倫，說：「羅倫，你要小心！萬一你消失了嗎，那我……我……」

小女皇激動得一時語塞：「你是為了我才加入這冒險**旅程**，都怪我把你捲了進來……一旦我們失敗了，夢想帝國就會滅亡。也許我應該聽從媽媽的勸說，學習等待的智慧……但是如果敵人先我們一步發起攻擊，我們就會陷入被動，而我必須對所有發生的一切**負責**。有時候……我感覺肩上的重任要把自己壓垮了！」

可憐的小女皇！對她來說，這一切太過於沉重！

「阿麗娜女皇，」羅倫握住她的手，說：「你贏得了皇冠，復興了我們以為已經失落的夢想帝國，

我相信、甚至確信這一次你的**勇氣**也會像星辰一樣衝破巨灰魔的灰暗。而我們永遠與你站在一起。」

這番話真讓我感動!

「沒錯,別灰心!」西方惡女巫補充說,「小女皇,你是個年輕勇敢的領袖,最**傑出的**(Superb)⋯⋯♡」

啊,不要啊!

噗!

「啊,我的一隻腳消失了!」女巫大叫起來。

我高聲說:「我們找到了古怪羊皮卷上禁止提到的**第七個**詞語!現在只差一個⋯⋯我們就會知道有哪些詞

你知道羊皮卷上提到的第七個詞語是什麼嗎?請把它寫在相應的英文說法本書最後的羊皮卷裏。

語在沼澤谷是禁止提及的……」

我們繼續前行，突然我聽見一陣窸窣聲。

隨後，一聲大吼讓我汗毛倒豎。

「**快放！**」

話音剛落，一對隱形軍團的士兵突然從灌木叢後現身了，將弩炮對準我們，頃刻間我們頭頂上方落下無數泥濘、惡臭的……

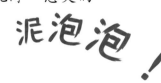

泥泡泡！

壓力泡泡

我的媽呀！！！

這羣傢伙肯定是趁我們剛才在沼澤谷互相傾訴牢固的友情時，發現了我們的蹤影！

泥泡泡十分密集，打得我們措手不及。

「給我衝啊，你們這羣小嘍囉！」

隱形軍團的首領正向炮手下令。我立刻認出他這熟悉的面孔——他就是飛踢王，隱形軍團的將軍＊！

哆哆哆，真可怕！

隨着落在我們身上的泡泡越來越多，我們感覺越發疲憊、勞累，甚至可以說筋疲力盡！

「唉喲，唉喲，我感覺自己像個遇難的木筏，快要不行了！」鐵鈎船長呻吟說。

＊想知道更多他的故事，可看《奇鼠歷險記 13：水晶宮保衞戰》。

「我也是……我感覺糟透了。」女巫直抱怨。

「很**悲傷**……」阿麗娜女皇說。

「很難過……」羅倫說。

而我……我的鬍鬚因為壓力捲起來了！就連納瑞克、黎明和滴答鱷魚也陷入絕望中。

「哈哈！」飛踢王狂笑起來，「**壓力泡泡**在你們身上生效了……看來我們推測的沒錯：你們並非沼澤谷的真正居民！」

邪惡的飛踢王繼續說：「我已經盯着你們好一陣了，外來客！」

他的一個部下嘟嚷着說：「是我先發現的！」

「閉嘴，你這蠢蛋！」邪惡的將軍發火了，「這裏是**我**說的算，是**我**決定該做什麼，是**我**……不過先看看我們在這兒發現了誰——女皇本人！」

　　他向阿麗娜女皇投來冷酷的**目光**，讓我們不寒而慄。

　　「沒錯，就是我！」阿麗娜女皇頂住壓力泡泡的攻擊，挺身而出。

　　「我可沒想到今天會釣到一條大魚！」飛踢王興奮極了，「我要把你獻給我的主人，他是一切痛苦的源泉、悲觀情緒的主宰、黑暗的守護神、灰色的締造者；他能使悲傷者更沮喪，讓快樂者變憂傷……他將把你們變成**無形人**！」

　　「你們可以帶我走，不過放了我的同伴吧！」阿麗娜女皇請求說。

　　「哈哈哈！」飛踢王爆發出狂笑，「當然了！你是不是想給他們做一頓臨行前的點心？哈哈哈！你的要求真是太天真了！」

　　「不許你這樣對女皇說話！」我不知從哪兒來的**勇氣**，向他抗議道。我絕不能忍受那張猙獰的面孔粗暴地對待阿麗娜女皇！

　　飛踢王仔細觀察我的面孔，説：「嘖嘖，你這張老鼠臉，我似乎曾在哪兒見過……把你變成無形人，對我們來説簡直小菜一碟！」

　　「不要啊啊啊！」阿麗娜女皇大喊道。

　　但是，已經來不及了，飛踢王的手下一擁而上，把我們像粽子一樣捆了起來。

　　「**快走！**」飛踢王高聲吆喝着催促小嘍囉們，「前往殘夢塘！我的主人肯定會對我今天的收穫大加讚賞！」

　　「不好意思，**殘夢塘**是什麼地方？」我嘀咕問。

　　「就是我們的敵人化為無形人之地！現在我勸你閉嘴！你接下來的旅途很遠呢！有你好受的！」

嘶嘶牢房

我們的歷險旅程就這樣結束了⋯⋯

我們的美夢也終結了⋯⋯

我們即將化為無形人！

我簡直無法相信自己悲慘的命運！我們成為軍

隊的囚犯！

我們一邊行進，隱形軍團一邊齊聲高唱：

「快走，快走，你們這些囚犯！

快走，你們這些囚犯

你們即將進入嘶嘶牢房！」

什麼什麼什麼？**嘶嘶牢房**這個地名聽上去可不怎麼舒服啊！

我們艱難地前行，一直走到晚上，來到一處簡陋的水泥小屋。屋子裏十分昏暗，只有上方的一個小窗透過幾縷月光。

飛踢王對我們說：「旅途很遠呢，在嘶嘶牢房住一晚會讓你們精神抖擻！瞌睡娃，臭蛋仔，你們兩個當守衛看門！**我**負責休息，**我**來擦亮鎧甲！」

於是，我們被關在了潮濕昏暗的小屋裏，窗口

不時透來嘶嘶的風聲。

哆哆哆！！！真可怕！

這地方讓我渾身直發抖……

兩個外表殘暴的隱形軍團守衛坐在一角，監視我們。「你們休想逃脫！」第一名守衛惡狠狠地說，「我和臭蛋仔是所有士兵裏最**機警**的，我們會一直盯着你們，你們別想溜！」

另一個附和說：「我和瞌睡娃從來不會睡覺，從來不睡！」

夜晚來臨了，那兩名守衛一直圓睜**雙目**盯着我們。

「對不起！」阿麗娜女皇悄聲説，「我……我本想拯救大家，可惜我們失敗了！」

「這不是你的錯。」我安慰她，「或許我們仍有一線希望！」

我們大家圍在阿麗娜女皇旁邊。我們又累又倦，身上的骨頭就像散架了，大家很快沉入夢鄉。我臨睡前最後一個想到的是我的好朋友芙勒迪娜女皇，她一定在水晶宮盼着我們……天知道她會多擔心……天知道我們該如何回到她身邊……

清晨的陽光透過小窗射進室內，我醒了過來。

我全身痠痛，下半身都麻木了。牢房的水泥地真是太不舒服了！

「比起這鬼地方，我船上的儲藏室簡直是五星級賓館了！」鐵鈎船長抱怨説。

西方惡女巫説話了：「我肯定有誰在打呼嚕，就在我們之中……」

呼嚕嚕！ 呼嚕嚕！
呼嚕嚕！

　　以一千塊莫澤雷勒乳酪的名義發誓！原來那兩名守衛睡得像冬眠的熊一樣鼾聲大作！這究竟是怎麼回事？他們不是說自己從不睡覺嗎？

　　現在可是我們的好機會！如果我們慢慢地、非常非常緩慢地移動，我們或許可以逃出去！

　　我們躡手躡腳地朝門口走去，不過我很快感覺到有些不對勁。我急忙轉頭看羅倫，羅倫轉頭看西方惡女巫；她又轉頭看鐵鈎船長，鐵鈎船長看鱷魚；鱷魚看黎明，黎明看納瑞克，納瑞克看……

阿麗娜女皇去哪兒了？

完了，完了，我驚慌地鬍鬚倒豎，

阿麗娜女皇失蹤了！

阿麗娜女皇，你在哪兒？

「啊，不會吧！！！」我大叫起來。

「啊，不會吧！！！」伙伴們也大叫起來。

「啊，不會吧！！！」被我們驚醒的守衛也大叫起來。「我們居然睡着了！飛踢王肯定會把我們送去咕喂沼澤餵蚊子！」

我感覺自己的心臟在猛烈地**跳動**，心中湧起焦慮、絕望和苦惱！

我簡直不敢相信自己的眼睛：她，居然是她，我的好朋友，我可愛的、勇敢的、出眾的、堅強的**夢想帝國女皇陛下**……消失了！

此時此刻，邪惡的隱形軍團將軍推開門走進來。

「女皇去哪兒了？」他發現阿麗娜女皇不見後，氣急敗壞地怒吼。

這麼看，他對此也不知情！

你們少裝糊塗！

「你們少裝糊塗，你們把她藏到哪兒去了？」

我嘟囔着説：「其實……我還以為是你們把她藏起來了呢！」

飛踢王怒火中燒：「你説**什麼?!**到底是誰的把戲？女巫，是不是你變的巫術？老鼠，是不是你在耍滑頭？我會讓你們付出代價！我現在就把你們帶往殘夢塘，把你們變成無形人！」

阿麗娜女皇在哪兒？

飛踢王
將軍

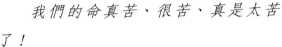

　　我們的命真苦、很苦、真是太苦了！

　　「還有你們，」飛踢王對兩名守衛說，「你們居然讓**囚犯**溜走了！我會把你們送去咕噥沼澤餵蚊子！」

　　「嗚啊，和我們猜的一樣！」兩名守衛放聲大哭。

　　狂怒的將軍下令：「我命捕網隊立刻去**追捕**女皇，陰鬱包、苦澀仔、憂心叔中尉、你們幾個由短尾瓜上校帶隊。另一組擂棍隊也即刻**掩護**他

壓力泡泡隊

捕網隊

們，腫眼郎、豬鼻卒、你們幾個有開線寶中尉帶隊。現在，給我立刻去追啊，快快快快快！」

以一千塊莫澤雷勒乳酪的名義發誓！飛踢王派出了他手下的所有精銳部隊，也就是最具**攻擊性**的士兵！

其餘的隱形軍團士兵一刻也不敢鬆懈，罵罵咧咧地推搡着我們，向**可怕**的目的地走去。我的心裏越來越悲傷、灰心喪氣、就像被霜打過的茄子那樣！

擂棍隊

　　我們沉默地向前走着，唯有白虎黎明發出一陣陣奇怪的咕嚕聲……仿如牠被撫摸時所發出滿足的**呼嚕聲！**

　　「你也在思念阿麗娜女皇，對嗎？」我感觸地望着黎明説。

　　只見牠拼命嗅地面，彷彿聞到了誰的味道……

　　突然，一個隱形軍團士兵向同伴嚷嚷：「你為什麼**捅**我？」

　　「你説我？！」另一個摸不着頭腦地回答。

　　「對，就是你！我警告你，我豬鼻卒可不是好欺負的！」

　　「你在胡説什麼……你難道又像往常一樣發起瘋來了？你欠揍嗎？我今天正好手癢呢！」

　　「你説我什麼？」另一個反駁道。

　　突然，豬鼻卒的**頭盔**從頭上滾下來，落進沼澤裏。

　　「看你幹的好事！！」他狂怒地對同伴大吼。

　　「你別栽贓人，剛才一定是風把它吹落的！」

另一個回答。

「我要給你點顏色看看，你這蠢蛋！」

刹那間，他們兩個士兵就……

扭打在一起！

「快住手！」開線寶中尉下令，話音剛落他鼻子上就挨了一拳。於是，連他也加入了打鬥。

「吃我一拳！再吃我一拳！」

以一千塊四季乳酪的名義發誓！他出手比其他士兵更狠！

隱形軍團小隊簡直無法控制紀律，頃刻間就陷入了一場**混戰**！

此時此刻，甚至沒有誰守衛我們了，他們全都打得不可開交！

「噓……」鐵鈎船長悄聲說，「他們看上去孔武有力……不過我覺得他們腦子不太靈光！」

於是，我們像老鼠般靈巧地慢慢遠離他們……由於繩子和枷鎖束縛着我們的手腳，我們走得並不快。

　　突然，我聽到金屬摩擦的「吱嚓」聲，只見我手爪上的**枷鎖**突然打開了⋯⋯我自由啦！！！

　　我看到打開枷鎖的**鑰匙**落在地上，就在我身邊，這究竟是怎麼一回事？不過，此刻並不是刨根問底的時候，我抓起鑰匙，為伙伴們打開枷鎖！

　　於是，趁着敵人還在打羣架無暇看守我們⋯⋯

快逃！ 我們一個個溜之大吉！

阿麗娜女皇的秘密

　　呼哧！呼哧！經過一陣奪命狂奔後，我們躲到一陣**灌木叢**後。

　　隱形軍團四處追蹤我們。他們經過了我們的藏身處，但並未發現我們。

　　「他們往哪兒逃了？」腫眼郎問。

　　「往這邊！」

　　「不，往那邊！」

　　「我和你說了是往這邊！」

　　「少和我唱反調！」

　　「你是不是又想挨揍？」

　　緊接着一場新的**混戰**開始了。

　　與此同時，我們悄悄地避開隱形軍團，繼續攀登多霧山。我們選擇了一條最為陡峭、但修繕良好的上山小徑。多虧了梅林的**地圖**，沼澤谷的地形對

於我們來說沒有秘密！

　　不過，也許還有什麼秘密？在我們艱苦的攀登過程中，一路上發生了很多古怪、非常古怪、極為古怪的事！

　　在我們攀登過程中，我不小心在冰面上*滑倒*了！眼看我就要咕嚕嚕順着懸崖滑下去，說時遲那時快……一股**看不見**的力量拉住了我！

再舉個例子：我從未看到羅倫如現在這麼悲傷失落，但不知怎麼回事，我發現有誰把一朵**鮮花**插在了他的頭髮上。

與此同時，黎明嘴裏不時發出思念阿麗娜女皇的咕噥聲，又會突然停了下來仿似在享受撫摸。

當我們坐在一塊大石頭上休息時，我詢問伙伴們：「不知道你們是否覺察到有些事情很**古怪**？」

羅倫回答說：「我希望這不是自己的幻覺。但是我感覺……」

我接着說：「……彷彿……」

黎明發出一陣低沉的「喵嗚」聲。

我們相互交換了心照不宣的眼神，我將之前發生的事全部串在一起，總結說：「阿麗娜女皇就在我們之間……她並未失蹤……而是……變成了……

無形人！」

就在此時，我們看到泥地上赫然現出一個圖案：那是一顆 心！一定是阿麗娜女皇在給我們示意！

「阿麗娜，你果然在這裏！」羅倫激動得留下 **眼淚** 。

鐵鈎船長鬆了一口氣，說：「你說得對！小丫頭在這裏！」

西方惡女巫感歎說：「我就知道，你不會拋下我們不管！」

我逐漸猜到了事情的來龍去脈，我推測說：「阿麗娜女皇……你一定拼湊出了古怪羊皮卷上 **最後一個** 詞語，於是你說出了那個詞語，把自己變成了無形人！你為了我們做出犧牲，為了給我們贏得一線生機！」

地上出現了幾個字：

沒錯，騎士！

207

羅倫恍然大悟說：「顯然就連隱形軍團也無法**看到**無形人！一旦變成了無形人⋯⋯阿麗娜女皇就可以逃出牢房，而不必等待守衛開門！」

阿麗娜女皇無形的手繼續寫：

沒錯！

鐵鈎船長繼續總結：「所以她偷出了枷鎖的鑰匙，救了我們！」

正是如此！

一想到女皇陛下仍在我們當中，我內心一陣狂喜！

我簡直被喜悅沖昏了頭腦，差點忘記這個選擇背後**可怕**的一面。

　　我的臉變得像乳酪一樣蒼白，我嘀咕説：「女皇陛下，你自己親口説出第八個詞語，也是唯一一個有可能不會**永世**化為無形人的詞語……我們該怎樣才能把你變回來呢？」

　　經過一陣長久的沉默，地上出現了阿麗娜女皇的回答：

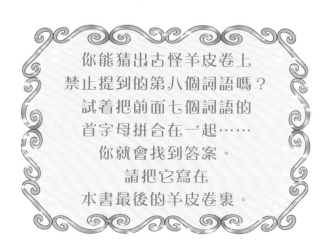

我不知道……

你能猜出古怪羊皮卷上
禁止提到的第八個詞語嗎？
試着把前面七個詞語的
首字母拼合在一起……
你就會找到答案。
請把它寫在
本書最後的羊皮卷裏。

寶石失蹤了

女皇真是可憐、很可憐、太可憐了！

我們的命真苦、很苦、太苦了！

我和羅倫難過地抱在一起，我們再也見不到阿麗娜女皇了，看不見她蔚藍色的眼眸、她陽光般明媚的笑容……我們再也聽不到她銀鈴般的笑聲了！

世界缺少了她聲音和面龐，彷彿失去了色彩，讓我感到十分失落。

我正發呆時，阿麗娜在地上寫道：

**朋友們，
我會一直在你們身邊。
現在我們繼續前進，
否則我的犧牲就沒有了意義！**

女皇寫得沒錯：即使我們傷心難過，現在也不能停下腳步……永生石還在等着我們呢！

我們利用梅林的地圖定位，找到了一條登頂多霧山的小徑。

那條小徑很難走、非常難走、甚至可以説極為艱險，但我們一想到阿麗娜的付出就無所畏懼！

多霧山的頂峯離我們近在咫尺，我們發現自己置身於一片濃霧中。當我們艱難登頂後……等待我們的是一個讓人沮喪的發現：永生石並不在那兒！

「不會吧，看看這裏！」西方惡女巫用傘尖指着某處説。

我們看到原本應該放置寶石的位置，現出一個非常巨大的

黑洞！

羅倫心灰意冷地説：「看來寶石被盜走了！它是我們通往灰暗堡的唯一途徑……現在我們該怎麼拯救世界呢？」

我焦慮地翻着地圖，翻來覆去地研究，問道：「也許我們走錯了路？也許我們當時應該往右轉？（呃……我的方向感一向不太好！）」

就在此時，一陣吼聲劃破空氣：

是隱形軍團！他們發現我們啦！

我們在多霧山頂無處躲藏：眼看就要被他們圍捕了！

真可怕！！！

我正準備被打成鼠肉丸，突然……

「嗷嗷嗷嗷嗷！」

滴答鱷魚飛快地擋在我們前面，嘴裏發出恐怖的吼聲，震得空氣都顫動了。

　　看到滴答鱷魚兇神惡煞的面孔，連飛踢王也猶豫起來，向後退卻……不料卻絆倒了他身後的士兵們，他們一個接一個沿着陡峭的山路向下滾去！

　　多虧大鱷魚為我們贏得了寶貴的時間，我們必須趕緊想出對策！

　　我無意間往洞內一瞥⋯⋯

　　隱約看見地下露出一條**地道**⋯⋯

　　我發現，這不僅僅是一條地道，而是盤根錯節的許多地道的入口處⋯⋯

　　我看到地圖背面透出微微**光芒**：原來地圖背面的小圖案並非我們所想的小插畫，上面那些花紋其實是坑道地圖！

　　也許我們應該深入研究一下！

　　我屏住呼吸⋯⋯原來永生石的**根系**如此發達、粗壯，居然紮根在沼澤谷地下形成了縱橫交錯的地道！！！

　　我激動得心臟怦怦直跳，我囑咐黎明和巨龍：「你倆同滴答鱷魚在這裏守候，留心別讓隱形軍團追上來⋯⋯我們幾個進入**神秘**的地下世界探路⋯⋯」

隧道裏的光

親愛的鼠迷朋友們，你們肯定認為隧道內會像貓肚子裏一樣黑，對嗎？

其實我也這麼想，直到我鑽入坑道裏面！

真神奇！

隧道牆上塗的一層金色粒子光芒奪目，把隧道內照射得比外面還要明亮！地面上一直困擾我的潮濕消失了，取而代之的是一陣涼爽輕柔的微風。

「這地方真怪……」西方惡女巫說。

「這裏金碧輝煌……像翡翠城一樣閃亮……」

我們沿着坑道越走越深，直到我們遇到位穿着一身金衣服的小傢伙！

他住在沼澤谷……卻不是灰居民？

這怎麼可能呢？！

他一看到我們，就驚慌失措地叫起來：「啊，不會吧！你們居然發現了我！」

其實也難怪他會害怕，我們的化妝如此逼真，以至於外表和**灰居民**並無兩樣！

羅倫趕忙安撫他：「我們並非敵人！事實上，我們此行正是為了戰勝巨灰魔而來，我們代表夢想帝國阿麗娜女皇出征。」

那個小傢伙**狐疑**地望着我們，隨後他看見羅倫眼中的光芒：那光芒如此真誠熱烈，絕不可能來自灰居民的眼神！

於是，他微笑着對我們說：「既然如此，歡迎你們來這兒！我先自我介紹一下：我是金彩伯，是沼澤谷的地下王國居民。隨我來，我介紹你們認識七彩國王！」

我們跟在他身後，進入另一條隧道，很快我就驚訝得毛根根豎起：沼澤谷的地下居然藏着一座光芒四射的**秘密之城**！這裏居民的衣着五光十色，唯獨缺少一個顏色——灰色！

　　就在此時，身披**七彩顏色**拖地斗篷的國王駕到了，國王熱情地對我們説：「地下王國的人民歡迎你們！」

　　我的心激動得怦怦直跳，我鞠躬致意説：「我們從未想過，在一片沼澤下，居然隱藏着如此**色彩繽紛**的世界！」

　　七彩國王向我們解釋説：「我們世世代代住在這裏。當霍都斯魔法師將百花谷變為沼澤谷時，他渴望進一步增加**邪惡**勢力，因此將給予百花谷力量的永生石連根拔走了。當夢想帝國誕生時，他利用永生石的力量，阻礙沼澤谷重新變回百花谷。」

國王陛下！

　　什麼什麼什麼？難怪阿麗娜女皇復興夢想帝國時，沼澤谷並未變回原貌。

　　七彩國王繼續說：「我們的祖先很久以前發現：永生石發達的根系在地下蔓延，是整個百花谷的能量來源。我們地下世界照明的能量就來自於覆蓋在它根系上的金色粒子，至今仍可在隧道的牆壁上看見它們。」

　　「它簡直就像地下太陽！」我驚歎道，「所以你們才能一代代在地下安居樂業。」

　　國王告訴我們：「我們的人民仍過着和平安寧的生活，至今還未有誰被變為無形人。我們可以自由地栽花、種水果和蔬菜……我們地下的能源如此充沛，以至不時有彩色萌芽會頂出地面，在地面上綻放出花朵！」

羅倫驚歎道：「原來我們目睹的色彩就是從這裏誕生！」

我環顧周圍的環境，內心湧起讚歎和感動：原來**美麗的色彩**並未被湮沒在灰暗的世界裏，只是隱藏起來了，等待時機重生！

不過七彩國王接下來的話讓我擔憂：「我們的王國已經等待了漫長的歲月，渴望有朝一日能夠回到地面上的故土！但據我所知，由於**巨灰魔**的出現，沼澤谷仍在持續擴張。」

金彩伯接着說：「巨灰魔來自那座泥漿城堡，沒有誰知道那座城堡裏住着何人。大家稱呼城堡的主人為一切痛苦的源泉、悲觀情緒的主宰、黑暗的守護神、灰色的締造者。他能使悲傷者更沮喪，讓快樂者變憂傷，但是從來沒有誰見過他的真面目！幾個世紀以來，我們一直等待着**某位**英雄擊敗他。根據古老傳說的記載，總有一天英雄會到來！」

國王向我們宣布：「唯有他可以拯救我們。請隨我到傳說故事廳，你們就會看到他有多偉大！」

原來就是你！

我們好奇地跟隨七彩國王和金彩伯進入一座璀璨亮麗的大廳。

大廳裏面擺滿了，豈止是擺滿？應該說密密麻麻擠滿各種雕像、浮雕和壁畫，主題都是關於同一個**英雄**。

大廳的正中央，還立着一座巨大的英雄雕像，上面鑲滿了寶石！

七彩國王自豪地說：「這位英雄擁有純淨的心靈、柔滑的尾巴、尖尖的耳朵⋯⋯」

我定睛一看：以一千塊莫澤雷勒乳酪的名義發誓，這英雄居然是一隻**小老鼠**！

七彩國王驚呼道：「等等，讓我好好端詳你⋯⋯你看上去很像這位英雄！沒錯，你們外形簡直一模一樣，我敢說他原來就是你！但是，你的外表怎麼

灰撲撲的，我們幾乎都認不出你啦！」

　　他仔細盯着我，就是我，的的確確是我！

　　「沒錯，他就是那位英雄！」金彩伯高叫道。

　　我希望澄清誤會，於是我以*紳士鼠*的姿態鞠躬解釋説：「我並非什麼英雄，只是一隻普通的小老鼠！」

　　　金彩伯與七彩國王交換眼神後，回答我：「傳説中只是寫道你是位英雄。沒想到你不僅勇猛無畏，而且還很*謙虛*！」

它的確很像我！

鐵鈎船長一掌拍在我背上（萬幸的是，他用的那隻沒裝**鐵鈎**的手掌），嚷嚷説：「沒錯，這傢伙的確很能幹！」

七彩國王連忙喚出宮廷顧問、朝廷高官、親戚朋友們：他一一為我介紹……即使我只是一隻文化鼠、一隻**內向**的小老鼠！

「你們迅速準備一桌盛大的宴席！」他發布命令，「我們期盼已久的大英雄來了！」

什麼什麼什麼？

他們竟認為我就是傳説中的真英雄！

不過，這頓**宴席**真是讓鼠垂涎欲滴，讓我嘴饞得鬍鬚都快掉下來了。

在色彩繽紛的花瓣碗碟裏，盛放着各種美味佳餚，還有鈷藍色的蘋果和香草鈴蘭製成的甜點。

吧哎！

沒想到在地下也能品嘗到這些美食，真讓我驚奇！永生石根系上的金色粒子如此純淨有益，甚至可如**太陽**般為水果提供充足的營養！

「我們需要休息片刻，給胃裏填點東西。」鐵鈎船長一邊大口啃着只酷似**芒果**的水果，一邊高聲說。

「只有這次，我不能更贊同你的話。」西方惡女巫興致勃勃地吃着一根**紫色蘿蔔**說。

他們說得有道理：在我們漫長的旅途中，這片刻的寧靜十分珍貴。我們差點忘記自己的身體已是多麼困倦、飢餓，而且……被巨灰魔的濃霧熏得勞累不堪！

　　我們吃飽喝足後，國王提醒我們：「英雄們，啟程時間到了。此地是前往灰暗堡的必經之路，也是唯一一條路。在抵達目的地前，你們必須通過**兩個關口**：一個是通過文學鼯鼠——高知姑的考驗，另一個就是經過地下犰狳——沙地精的巢穴。只有你們才有希望在這兩隻古怪動物的考驗中活下來。」

　　　　　活下來？

　　　　古怪動物？

　　　聽上去很可怕啊！

文學鼴鼠——高知姑

國王在與我們道別前，為我們打氣説：「別擔心，我們會助你們一臂之力！」

他一邊説，一邊派給我們一位小**幫手**：他的目光透出一股機靈勁，他頭頂一頭濃密的紫髮。

國王解釋説：「沿着這條道路繼續走，還會有很多艱難險阻等待你們。紫髮鼠會一路協助你們度過障礙，直到你們完成使命。再會了，祝你們一路好運！」

我們告別了國王和金彩伯，踏上了通向**黑暗魔法師**巢穴之路。

這條路在溶洞裏不斷延伸，徑直通向沼澤谷腹地，似乎永遠也走不到盡頭！

突然，我聽到一條隧道盡頭傳來咕嚕聲。

紫髮鼠提醒我們：「我們已經進入了**文學鼴**

鼠——高知姑的圖書館地盤。你們可要留神，千萬不要激怒她！」

我抬起頭，看到前方坐着一隻身材非常巨大的鼴鼠，周圍圍着上百本？不對，應該説是上萬本書籍。

她的臉簡直埋在了書本中，鼻樑上架着一副**眼鏡**。那眼鏡的鏡片又圓又重，簡直比玻璃瓶底還要厚。她似乎什麼都看不清！

「唔，看來我又要換眼鏡了。」高知姑氣惱地説，呼出來的氣吹得書頁嘩嘩作響。

我們小心翼翼地靠近她，自我介紹説：「不好意思打擾了，文學鼴鼠，我們一行人要會一會灰暗堡的主人，因此需要取道通過你的**圖書館**！」

她提問説：「你們是誰？我能聞到你們的氣味，但我看不清你們的面龐！最近，我的近視眼越發嚴重了……對於我而言，坐在**書**山中卻無法閱讀可真痛苦！」

咕吱吱，我太能理解她了！

如果是我，也會覺得無法忍受！

那鼹鼠對我們發出邀請：「你們靠近一點，讓我看清你們的臉……近一點兒……近一點兒……**再近一點兒！**」

「嘩！」她推推鼻樑上的眼鏡細細地端詳我們，突然驚訝地叫起來。

「你們倆是鐵鈎船長，還有西方惡女巫！簡直像做夢一樣！《小飛俠》和《綠野仙蹤》都是我最愛的作品！這兩本書我至少讀過五十遍！」

「如此說來，你肯定很**喜歡**我們，會放我們通

行吧！」鐵鉤船長狡點地笑起來。

「恰恰相反！」高知姑怒吼道，「我一直夢想能給你們點兒顏色看看：你們從不放過我喜愛的主角：彼得潘和桃樂絲！我要把你們夾在書頁裏壓扁，把你們擠成書籤：這樣你們就再也無法**威脅**我的主角了！」

紫髮寶趕忙提醒伙伴們：「我覺得你們這樣挑戰她不太明智……最好轉向她喜愛的文學話題……你們應該在小說——她最愛的領域露一手！」

他說得容易！高知姑坐擁藏書如此豐富的圖書館，她讀過的書甚至比魔法師梅林更多！我們怎麼可能在這方面勝過她呢？

「我有一個主意！」鐵鉤船長提議說，「你說出幾本你最喜愛的小說名稱，女巫和我能用短短六個字把這本小說的精髓歸納出來！如果我們贏了，你就放我們過去！」

高知姑思考片刻，同意了：「這主意不賴！我接受你們的挑戰，是因為你們身旁那隻戴眼鏡的小

老鼠，長着一張討我喜歡的臉。」

「謝謝你，鼴鼠女士。」我回答她，看得出來她和我都是**愛書**之鼠，所以惺惺相惜！

鼴鼠出題了：「我們先來第一本書：《木偶奇遇記》！」

女巫飛快地歸納：「一扯謊，鼻子長！」

「哈哈哈！」高知姑爆發出一陣愉快的**大笑**。「你總結得不錯。再來一本……《金銀島》！」

鐵鈎船長撓撓腦袋尋找靈感，隨後說：「看我的：寶貝們都歸我！」

鼴鼠掃興地抖抖鬍鬚：

這可不是什麼好兆頭！

　　然後，她湊到鐵鈎船長面前，鼻子尖幾乎碰到他的臉：「我不喜歡這回答！」她嘟囔着說，「你得再加把勁兒了，海盜先生。」

　　她沉默片刻後，又出題了：「我給你最後一次機會：《環遊世界八十天》！」

　　鐵鈎船長**緊張**得直冒冷汗，擠出六個字：「全球轉，準時回！」

　　「嘿嘿嘿！」高知姑笑起來，這是一個好兆頭。

　　「哈哈哈！」她笑得更大聲了，這是一個很好的兆頭！

　　「好吧，你們贏了！」文學鼴鼠宣布，「我會放你們過去。不過有一個**條件！**不許你們再欺負我喜愛的彼得潘和桃樂絲！你們聽明白了嗎？」

　　「呃……我們會努力表現的！」鐵鈎船長許諾。

我們齊聲道謝：「非常感謝你，高知姑！」

萬歲！鐵鈎船長與西方惡女巫成功地通過了**文學鼴鼠**的考驗！

我們終於獲准可以離開這裏了。

紫髮竇熱情地說：「第一個障礙消除了！」他**激勵**我們：「現在只需對付地下狐猻——沙地精一個就行了！」

只需要？！

呃……一個已經夠可怕啦！

地下犰狳——沙地精

我們離開鼴鼠巢穴後，繼續沿着隧道前進。

我們不斷向上、向上、向上，然後再向下、向下、向下，不過絲毫沒有發現**犰狳**的蹤跡！

鐵鉤船長充滿希望地說：「也許那裝甲怪物離開了！」

紫髮寶警告我們：「你們可別叫他裝甲怪物！犰狳這種動物十分珍愛自己的鱗甲。尤其是沙地精，他的**鱗甲**宛如鎧甲一般十分精緻。他對這身鱗甲非常自豪！」

就在此時，我的眼角瞥到一個**黑影**在地下坑道現身了。我轉頭望去，可什麼也沒看見！

不一會兒，我感覺那黑影又現身了。但當我定睛一看，仍然一無所有。

也許剛才只是我由於恐懼生出的幻覺，也許那犰狳早就度假去了，也許也許也許……

咚咚咚！

一隻巨大的犰狳突然從一個坑道中衝出來！只見他的身材像球一樣滾圓，他的動作卻靈活迅速。

「儘管跑，儘管跑，反正你們都會被我捉住！」那地下生物**威脅**我們說。

我們撒開腿狂奔起來，上上下下，忽左忽右……直到我們跑得氣喘吁吁、累得上氣不接下氣！

我們發現自己置身於一個封閉的坑道**迷宮**中，怎麼轉圈也找不到出口……

出口

答案：參見第291頁。

　　我們眼睜睜看到犰狳巨大的腦袋向我們探過來。他張開大嘴、打算把我們吞下肚子。

　　這時，紫髮寶突然高叫道：「快看那裏！那兒有一條**秘密**坑道！」

　　我們立刻朝那方向飛跑，終於逃脫了沙地精的魔爪！我們轉頭望去，驚訝地發現犰狳被卡在了自己的鱗甲裏，動彈不得！

　　救救我！」他喘着粗氣高叫，「我被困在鱗甲裏，動不了了！」

　　羅倫向沙地精跑去，耐心地幫助他將一片片**鱗甲**梳理好。

　　犰狳歎口氣說：「謝謝你，勇士！我欠你們一份人情，所以我會滿足你們的一個願望！」

　　「事實上，

我們的確有一件事想請你幫忙……」鐵鈎船長與西方惡女巫提議説。

羅倫果斷地説：「沙地精，拜託你帶我們去**灰暗堡**！」

「沒問題！我犰狳一向信守承諾，你們速速爬到我背上！」

紫髮寶依依不捨地與我們道別：「你們一定能完成使命！我們的全部**希望**都寄託在你們身上了！快走吧！」

我的鬍鬚焦慮地顫動着，我強作鎮定説：「再會了，紫髮寶！謝謝你一路為我們擔任嚮導！」

我爬上犰狳的背，然後緊緊抓住他的鱗甲片……

因為他的速度簡直像閃電一樣**快！**

然而，要抓住他的鱗甲也絕非易事，因為他的甲片十分滑溜！

沙地精在一條又一條隧道裏穿梭，直奔灰暗堡。而羅倫穩穩地駕馭他。

「你真是一名偉大的**馴養員**！」我誇獎他。

「謝謝你，騎士。」羅倫微微一笑，「如果阿麗娜女皇還能開口的話，天知道她會怎麼調侃我：誰會想到馴龍人有朝一日會變成馴**犰狳**人呢？」

你真是一名偉大的馴養員！

就在這時，地上現出一行字：

> **做得好，羅倫，**
> **我為你自豪！**

原來，阿麗娜女皇一直與我們同在，即使她化為隱形，她仍給予我們前往灰暗堡的勇氣和力量！

潛入霍都斯的居所

地下犰狳——沙地精在隧道裏刨呀、刨呀、刨呀，終於載着我們來到一道**小門**前。

整座門由泥漿、石頭和土壤砌成，天知道門後隱藏着什麼？！

我望向朋友們，試圖從他們的目光中汲取我所缺乏的勇氣。我們即將進入恐怖的、泥濘的**灰暗堡**！

什麼什麼？

「天知道那兒有多濕滑！」海盜船長説。

「天知道那兒有多臭！」西方惡女巫説。

「我們應該要捂緊鼻子！」我向大家提議。

但當我們推開那扇小門……

與其說我們應該捂住鼻子，不如說我們應該遮住眼睛！

撲面而來的，是一大片**晶瑩**的黃水晶、紅寶石、鑽石、藍寶石、天青石、祖母綠、蛋白石……

我們進入一個華麗寬敞的房間，裏面鑲滿了成百上千，應該說成千上萬，甚至可以說數不勝數的**名貴珠寶**！

房間裏設置了一座座黃金雕像，而從雕像上落下的流水竟然帶有寶石！桌上的黃金果盆裏擺滿了金色水果，無數鑲了金邊框的鏡子相交輝映……

西方惡女巫喃喃地說：「我喜歡黃金，但這裏的裝飾讓我覺得有些誇張……甚至俗氣！」

以一千塊莫澤雷勒乳酪的名義發誓，原來城堡**泥濘**的外觀只是表像：從外表看去，灰暗堡由一灘爛泥搭成……但是它的內在卻比我所見過的任何皇宮更奢華！

　　我們看見一個衣着華麗的男人在房間正中手舞足蹈，欣賞着自己的倒影。這裏的一切均是**晶瑩剔透**、金光閃爍，以至他可以從頭到腳打量自己的倒影！

　　他欣賞着自己的一頭順滑的**金髮**，讚歎説：「啊，看我多美，看我多帥，看我多迷人，看我簡直是萬人迷……」

　　鐵鈎船長小聲嘟囔着説：「以水手的名義發誓，難道這個白臉小生就是我們要擊敗的**壞蛋**嗎？」

　　「看來我們穩操勝券！」女巫回答，「我們倆再度稱霸書本郡的時代快回來了！」

　　我也感覺很驚訝！我想像中的城堡主人外形比這傢伙**可怕**多了！要知道城堡的主人是一切痛苦的源泉、悲觀情緒的主宰、黑暗的守護神、灰色的締造者；他能使悲傷者更沮喪，讓快樂者變憂傷！

　　羅倫提醒我們：「不要被外表**欺騙**。他一定比外表看上去更**可畏**！」

既然他創造出巨
灰魔，就在他抱
鏡自照時，城
堡主人留

意到了什麼，發出一聲憤怒的咆哮：「我牙齒上這塊**蛙斑**是怎麼回事？！這怎麼可能？沒有任何事、或是任何人能威脅到獨一無二、不可阻擋、宇宙最強、絕世超羣的**霍都斯**！」

什麼什麼什麼？！霍都斯，那個將百花谷化為沼澤谷的邪惡魔法師？

*那個大家都認為早已從世間**消失**的霍都斯？*

那個將沼澤谷居民變為隱形的霍都斯？

那個創造巨灰魔的霍都斯？

248

最重要的是⋯⋯

他居然還活着？！

他狂怒地一甩斗篷，大踏步向宮殿塔尖上掛着的黃金**炭火盆**奔去。

那裏燃燒着一團灼熱的火苗。火苗的燃料就是宮殿上方漂浮的**巨灰魔**雲朵！那火舌不斷從雲朵中得到滋養，從而燃燒得越來越旺！魔法師沐浴在火光的照耀中……變得越發年輕、英俊！

他感歎説：「啊哈哈哈！現在我又變回來了！我決不允許身上長出斑點，有損我的**完美**！我還要繼續製造巨灰魔……我部落的人民越悲傷，火舌就燒得越旺，而我的財富、我的力量、我的美貌就會與日俱增！**哈哈哈哈哈哈！**」

隨後，他一溜煙地離開了房間。

*什麼什麼什麼？*這邪惡的魔法師和他可怕的宮殿居然建築在沼澤谷居民的**痛苦**上？！簡直太殘忍了！

「快來，我們進去跟着他。」羅倫低聲説，「我們要查清楚他的計劃！」

毀滅寶石

我們潛入霍都斯的地下室，像老鼠一樣悄無聲息地跟在他後面。

天知道他那古怪的腦袋裏，又在計劃什麼陰謀？！

魔法師走進一間房間，房間的裝潢比之前那間更奢華。

「感覺就像鑽進一個珠寶的**保險箱**」，鐵鈎船長面對着一整面金燦燦的牆壁，驚訝地張大嘴巴嘟嚷道。

這時，我留意到寶座前方立着個巨大的**花苞**，那花苞顏色宛如墨水一樣黑。

它微微地顫動着，彷彿花苞內部有顆心臟在跳動！它的外形看上去非常、非常古怪！

天知道它是什麼？

毀滅寶石

霍都斯如同對待家人一般撫摸它……

> 「寶石啊寶石，璀璨又神秘，
> 你是我最為黑暗的作品。
> 曾幾何時，你如此美麗，
> 朝氣蓬勃，給世界帶來光明。
> 哈哈，如今你讓人心生恐懼！

我和朋友們在暗處目瞪口呆地望着眼前的景象，簡直不敢相信我們的眼睛！

我喃喃地說：「你們的想法是否也和我一樣？」

羅倫點點頭，說道：「永生石……被霍都斯轉化成了代表黑暗勢力的**毀滅寶石！**」

鐵鈎船長嘀咕：「以一千頭鯨魚的名義發誓，現在我們該如何是好？」

「我們靜觀其變……」西方惡女巫提議。

只見魔法師一揮手，指尖飛出一道**閃電！**

「生長吧，壯大吧，
將黑暗和恐懼
在世間散播！
巨灰魔會四處瀰漫，
而我的勝利
將持續到永遠……
璀璨神秘的
毀滅寶石！」

寶石開始隨着魔咒旋轉起來，散發出**灰暗**的雲霧，那雲霧籠罩整個房間，一直擴散至屋外沼澤谷灰色的天空。

　　以一千塊莫澤雷勒乳酪的名義發誓！

　　他的計劃太**邪惡**了！原來霍都斯通過寶石製造出巨灰魔，並持續吸收寶石的魔力……

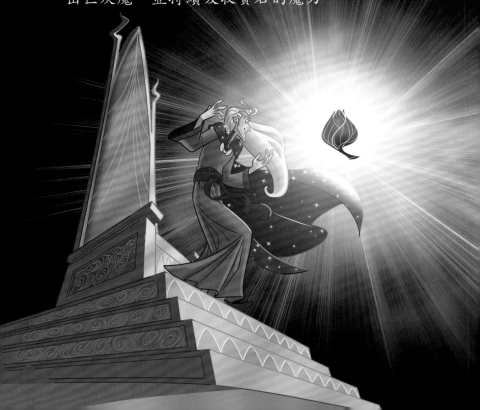

這樣他的容貌能夠永葆青春，他的法力也不斷增強，而周圍的人們卻逐漸被巨灰魔侵蝕……

「我們必須不惜一切代價**制止**他！」鐵鉤船長宣布，「我是書本郡惡名昭著的壞蛋，然而我們黑道也有道義！這個壞蛋太壞了，決不能容他胡作非為！」

「他想毀掉整個世界，僅僅為了滿足自己的虛榮！」西方惡女巫氣憤地說，「連我也不會這樣胡作非為！當年我統治溫基國時，並沒殘暴到如此地步！」

「**誰藏在那兒？**」霍都斯突然高聲問。

以一千塊莫澤雷勒乳酪的名義發誓，他發現我們了！

呃，我們剛才的確在聊天，即使我們聲音很輕，也免不了暴露行蹤。

我們僅有一秒鐘時間決定如何行動，而大家都心照不宣地交換眼神（當一個人面對的是黑暗魔法師這樣強大的對手時，在如此短時間內做出判斷絕

非易事！）

　　我知道阿麗娜女皇一直在聆聽我們，於是我們請她寫個訊息，以便了解她是否和我們看法一致。

　　很快，地上現出一行字……

制止他！

　　阿麗娜女皇的回答讓我們欣慰，我果斷決定說：「我們唯一可擊敗巨灰魔的希望，就是重新奪回永生石！所以我們要集體衝進房間，擊倒霍都斯，把黑色花苞搶過來！」

與霍都斯對峙

「既然你們偷窺到我的秘密,那你們只有死路一條!」我們向永生石衝去,霍都斯隨即橫空殺來,堵在我們面前。

「你們這些低等生物,還以為自己能拯救蒼生?我要把你們燒成灰,化成肥料**滋養**我的寶石!」

「寶石並不屬你!」羅倫宣布,「它是屬於百花谷的,現在是它回家的時候了!」

「這裏才是它的家!」魔法師反駁說,「永生石再也不存在了,如今存於世上的只有這株神奇的植物,是我創造了它,而它也只為我服務!多虧了它,我的**法力**與日俱增。遲早有一天,我的絕美容顏會掩蓋太陽的光芒!」

「我們會擊敗你,奪回寶石!」鐵鈎船長和西方惡女巫發出怒吼。

霍都斯反駁說：「我要徹底毀滅你們！」

只見他指間劈出一道

閃電！

我們趕忙躲在幾座如明鏡般閃閃發亮的金雕像後面，怎料那閃電居然繞過了一座座雕像追擊我們！

魔法師正在醞釀對我們的第二輪攻擊。

我們突然發現，寶石像變戲法一樣自己移動起來，而魔法師並未出手……一定是阿麗娜女皇利用自己隱形的優勢在移動它！

「咦，這是怎麼回事？！」霍都斯轉過頭驚訝地望去。

正當阿麗娜手捧
花苞移動時，霍都
斯抬起手劈出一
道強光！

在強光映射下，阿麗娜
的身影出現在我們面前！
那道強光只維持了一瞬
間就消失了。女皇陛下重新
化為隱形，而花苞也凋
謝成一個黑色結塊。
　　「哦，不不
不不！」我們絕
望地高喊。

「你好大的膽！」魔法師尖聲高叫。

霍都斯狂怒地將全部能量集於指尖，準備給阿麗娜女皇致命一擊！

眼看阿麗娜女皇面臨危險，在這一瞬間我的自然反應戰勝了恐懼。我向她所在的位置衝過去，用我的身體作**盾牌**，擋住了她！

　　我閉上眼睛，準備接受自己化為一攤鼠肉醬的悲慘命運……奇怪的是，霍都斯的閃電並未擊中我！那閃電被一道金光擊中，頃刻間化為一團**黑色火星**。

　　那耀眼的金光從永生石內射出，它的亮度越來越強。

　　只見黯淡的花苞恢復了光澤，花苞上的噩夢般的黑色逐漸褪去。如今花苞閃耀的光芒明豔又**熱烈**，那絕不是邪惡的光！

　　阿麗娜女皇的身影再一次出現在我們面前，不過這一次她沒有消失；永生石救了她，之前將她化為無形人的咒語失效了。

　　晶瑩的眼淚順着阿麗娜的臉龐流淌，滴在雙手捧着的永生石上。

　　「**不不不不！**」霍都斯大喊道，他俊美的臉龐因為恐懼而扭曲了，「唯有這道魔法我沒法破解！朋友間的**純潔友誼之光！**」

隨着一聲絕望的喊聲，魔法師化為一團黑雲，逐漸消散殆盡。

　　「我們成功了！」我激動地歡呼道，這個**幸福**的瞬間讓我激動得心臟怦怦直跳，「永生石回來了！女皇得救了！」

阿麗娜女皇和我們緊緊相擁，淚水止不住地往下流。「我終於可以擁抱你們了！」她激動地啜泣着。

羅倫喃喃地說：「我相信是你的淚水激發了寶石的能量，阿麗娜。騎士捨身救你的舉動如此高尚。友誼的光芒可以戰勝世間一切邪惡，甚至包括那化為無形人的魔咒……」

就連梅林在我們身上塗的灰色顏料，也宛如變戲法般消失了……

我並不太清楚究竟發生了什麼，但我清楚一件事：能夠再次擁抱阿麗娜女皇，真讓我幸福！

百花谷回歸

我們快步離開霍都斯的城堡，急切地等待完成這次征途的任務：將永生石重新植入多霧山，讓它重歸自然的懷抱。

如今阿麗娜女皇再次回到我們的隊伍之中，我們的旅行也接近終點，我的心情輕快得像生了翅膀！

我們重新登上多霧山山巔，與一直等候在那兒的黎明、納瑞克和滴答鱷魚匯合，牠們一直守護着地下王國的入口……

阿麗娜女皇親切地向牠們問好，隨後她轉身將永生石交給我說：「我希望由你來栽種它，騎士。全賴你善良的心，夢想帝國才得以重生。」

我不好意思地垂下目光，臉紅得發紫。

「這份榮譽對於我來說太尊貴了，女皇陛下。」

「我認為你配得上這份榮譽！」阿麗娜女皇回答說。

「我希望能和你一起栽下它。」我請求說。

於是，我懷着萬分激動的心情，雙手捧起永生石，在阿麗娜女皇的協助下，將它安放在它原本的位置。

只見它的根剛接觸到土地，一股如星辰般璀璨的光從寶石中射出，照亮了整個地下王國。

有那麼一瞬間，奪目的強光照得我們紛紛閉上雙目。當我們再次睜開眼睛時，世界宛如被施了魔法般變化起來，沼澤的水被抽乾了，骯髒的臭氣消失了，繽紛的色彩重新點綴在巨灰魔製造的黯淡世界……綠色的大自然覆蓋了整個沼澤谷！從原本乾枯的池塘裏流出了清冽的泉水，高高的樹木筆直升入雲霄。

異常絢麗的花朵星星點點布滿了翡翠綠的山谷，灰色的天空重現出明澈的蔚藍。空氣中瀰漫着甜美的芬芳！

七彩國王率領地下王國的民眾重回地上世界。而百花谷的居民們經歷了漫長沮喪的日子後，終於重新綻放笑容。如今豐富的色彩取代了往日鋪天蓋地的灰色。

快來！

色彩回來了！

萬歲！

　　經過一千年的漫長歲月，**百花谷**終於從霍都斯的咒語中解放了！

　　「王國的人民終於迎來了期待已久的和平。」阿麗娜女皇歡心鼓舞地說。

　　「我從未見過如此**美麗**的景象。」我感動得喃喃自語。

　　「我也是。」一把尖尖的聲音傳來。

萬歲！

百花谷將重現輝煌！

那聲音繼續說：「如今百花谷甚至比從前更加美麗富饒！有數不盡的色彩，供我欣賞！」

「灰變龍！」我們齊聲叫起來，朋友重逢真讓我們分外開心。

「哈哈，以後你們可要叫我變色龍了！」他激動地朝我們爬來。

他原先的灰色外形早已成為回憶：如今他的鱗片閃耀着繽紛**色彩**的光芒！

「變色龍將擔任我們的色彩專員，負責將新色彩分類！」一把威嚴的聲音說。那是七彩國王！他也重新踏上了地面王國，欣賞百花谷重生的美景。

「我真不知該如何感謝你們……」向我們一鞠躬，「多虧了你們的非凡勇氣，我們的夢想、也是我們祖先的**夢想**，終於實現了。你們拯救了我們的生命，我們將永遠銘記在心！」

「還要謝謝你們的協助，」阿麗娜女皇回答，「你們一直懷抱希望，從未向敵人投降。你們同樣展現出了非凡的**勇氣**。」

我們依依不捨地與新朋友們告別，最後一次凝望着百花谷，將多姿多彩的美景銘刻在心間。

羅倫的評論如以往一樣恰到好處：「世間的美好，在失而復得後，更加彌足珍貴。」

他一邊說着，一邊深情注視着阿麗娜女皇……我敢肯定，他剛才的評論，絕不僅僅指百花谷！

世間的美好，
在失而復得後，更加彌足珍貴！

重返書本郡

我們回到曾經泥濘的厭世河，重新登上戰船。如今的河水已經如明鏡般清澈。我們已等不及見到從巨灰魔侵蝕中重生的**書本郡**啦！

「我們的世界又像以前運轉啦！」我們下船時，小女孩愛麗絲興奮地高喊。

白兔先生如以往一樣慌慌張張地蹦跳，而道路那頭傳來紅心皇后的高叫聲：「砍下他們的腦袋……」

「連她也恢復了神志……真可惜！」愛麗絲抱怨道，趕忙躲藏起來，以逃脫紅心皇后的砍頭刑罰。

火槍手們恢復了往日的英雄氣概。羅賓漢繼續向阿麗娜女皇投來愛慕的眼神……看來巨灰魔的

法力已經消退了！

書本郡的居民們將我們團團圍住。

「鐵鈎船長和西方惡女巫擊敗了巨灰魔！」人們仰慕地望着他們讚歎道。

「哈哈哈！」鐵鈎船長對西方惡女巫大笑着說，「我和你說得沒錯吧？我們即將重返惡名之巔！你等着看吧，要是大家知道是我們擊潰了霍都斯，一定會嚇得尖叫……」

興奮的人羣將船長和女巫圍得水泄不通，隨後舉起他們拋到空中。

人們狂喜地歡呼：「偉大的西方惡女巫和船長……嘿喲嘿……萬歲！……嘿喲嘿……萬歲！」

「啊？」女巫懷疑地問，「我怎麼感覺大家並不害怕我們……相反，他們似乎很喜歡我們！」

「哎！看來重回惡夢之巔，我們仍然任重而道遠啊！」鐵鈎船長回答，「現在我們就盡情享受慶祝吧！」

　　連彼得潘和桃樂絲也來迎接我們了！而西方惡女巫和鐵鉤船長正**摩拳擦掌**，打算逮住他們！

「你們可要記住曾經和文學鼴鼠——高知姑許下的諾言。」阿麗娜女皇打趣說，「否則也許她會從地下冒出來……收拾你們！」

「哈哈哈！」鐵鈎船長大笑着說，「小女皇，我看出來你的心情又變好了！」

女巫提醒他：「喂……你的死對頭**滴答鱷魚**又回來囉！」

事實上，鐵鈎船長的頭號勁敵正瞇縫着眼睛，貪婪地端詳着牠的獵物。經過艱辛的旅程後，牠正打算美美飽餐一頓！

「**快溜啊啊啊啊！**」鐵鈎船長連忙翻身跳上戰船，滴答鱷魚在後面窮追不捨。我們看到這一對活寶在黑洞海裏疾行，漸行漸遠。我依依不捨地向船長揮手道別：「可憐的船長……真可怕！」

「哈哈哈！」女巫嘎嘎大笑起來，「我會想念那個烤串老頭的！現在……我的桃樂絲在哪兒？啊哈，你在這兒呢……」

女巫一把逮住那小丫頭，突然我們腳下的大地顫動起來，隨後文學鼴鼠的**腦袋**冒出地面！

「朋友們！」高知姑向我們打招呼，説：「自從我聽説小説裏著名的主角都生活在此地之後，我就決心搬家了！書本郡對於我這樣的文學*愛好者*來説，是最理想的居住之地！不過……你在幹什麼，女巫？」

你在幹什麼？

「哦⋯⋯沒什麼，沒什麼！」西方惡女巫趕忙回答，一邊若無其事地吹口哨。

看來女巫只好趁着文學鼴鼠不留神時，偷偷摸摸去**擄住**桃樂絲啦！阿麗娜、羅倫和我開懷大笑起來。

說到底，鐵鈎船長和西方惡女巫此次旅程的目的，正是從巨灰魔手中救出他倆的死對頭⋯⋯

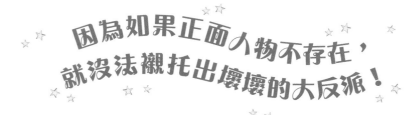

因為如果正面人物不存在，就沒法襯托出壞壞的大反派！

夢想帝國得救了

　　我們依依不捨和朋友們道別，並承諾將很快、非常快、超級快會再次見面。我相信當我今後翻閱家中藏**書**時，必會和他們重逢！

　　我們抵達水晶宮時，芙勒迪娜女皇欣喜萬分地奔出來迎接我們。

　　任何言語都不足以形容此刻大家的心情：阿麗娜向母親衝去**擁抱**她。她們母女二人就這樣緊緊相擁，周遭的時間彷彿靜止了。

　　「請你原諒我，媽媽。我太衝動了。」阿麗娜女皇向母親道歉。

　　「阿麗娜，請你原諒我。」芙勒迪娜女皇回答，「我總是對你要求太高，卻忘記了孩子應慢慢成長，在不斷**體驗**中長大。我總是試圖保護你，但最後證明你的選擇才最為正確。在你統一帝國後，你證明

自己有能力完成另一項更難的使命——就是守護並治理好整個王國。」

咕吱吱！聽到這些感人的話，我感覺自己的**心**如乳酪般融化了。

芙勒迪娜女皇對我和羅倫說：「謝謝你們，兩位高尚的騎士。你們肯定在旅途中對阿麗娜匡助良多，我對此深信不疑。」

小女皇補充說：「多虧了他們倆，我才能平安歸來。你們是我在夢想國最親密的**朋友**！」

「別這樣說，阿麗娜女皇。你為了我們冒了很大風險。」我說道。我不敢吐露更多，否則芙勒迪娜會更擔心！

「對了，」當我和阿麗娜女皇單獨在一起時，我問她：「我很想知道古怪羊皮卷上禁止提到的第八個詞語究竟是什麼？」

阿麗娜女皇微笑着告訴我：「實不相瞞，正是這個詞語，讓永生石得以重生。它是世間最美、最永恆的，這個詞語就是……

朋友 (Friends)！」

我疑惑地問：「你到底如何知道這第八個詞語呢？」

阿麗娜女皇笑起來：「因為我將之前我們發現的七個詞語默記於心……我將這七個詞語的首字母摘出來，如梅林提示那樣將它們組合在一起……就得到了第八個詞語——朋友，唯一一個有可能讓無形人恢復原貌的詞語……

「於是，我大聲唸出這個詞語，儘管我還不了解該如何變回來！後來，出於你高尚的捨身拯救舉動，體現了朋友間友誼的真諦，發揮了友誼之光，將我從可怕的魔咒中解放了！」

阿麗娜女皇緊緊握住我的手爪，用她那蔚藍色的眼眸注視着我。我看到她頭頂的皇冠閃耀出璀璨的光芒，我在心中對自己說：她正是夢想帝國不可多得、堪付重托的最佳女皇人選：一位叛逆女皇！

俯瞰百花谷

在慶祝我們歸來的盛大節目舉行之後，沒有什麼比在空中欣賞**百花谷**美景更惬意的了！

「你一定要親眼看看，媽媽！」小女皇説，「否則你簡直無法相信！」

阿麗娜、羅倫和我邀請芙勒迪娜女皇登上**熱氣球**，與我們一起從高處俯瞰百花谷。微風輕拂我的鬍鬚和毛皮。儘管我有畏高症，但我仍努力享受這一刻。因為地面的美景讓我心曠神怡！

「媽媽，那裏就是**書本郡**，」阿麗娜女皇指着不遠處的山谷和平原，在那裏微風吹着大部頭的書頁嘩嘩作響。

「正下方的小船，應該就是鐵鈎船長的戰船。」羅倫打趣地説，「他還在四處逃竄，躲避滴答鱷魚

的追捕呢！」

　　大家爆發出一陣大笑，我們從高處向好朋友們揮手致意：天知道他能否看見我們！

　　終於，我們飛到百花谷的上空：芬芳的**花朵**香味一直蔓延到天際！

　　「真美妙……」芙勒迪娜女皇感歎說。

　　我們極目遠眺，欣賞着布滿花朵的草原、山谷、丘陵……簡直難以想像，不久以前這片**美景**之地還是泥濘沼澤！我們突然發現地平線上出現了一片顏色異樣之地。

　　「快看！那是什麼？」阿麗娜女皇好奇地問。

　　「我也不清楚。」我回答道。

　　我們離那地帶越來越近，只見土地的顏色變得越發幽深……漆黑……不祥……直到我們下方顯出一片景象……

令我毛髮聳立！

只見百花谷的邊界上出現了一片被**摧毀的田地**，在不斷擴張！

「這……這不可能。」阿麗娜女皇困惑地說。

「**哈哈哈哈哈哈！**
哈哈哈哈哈哈！」

山谷迴盪着一片笑聲：那是霍都斯的聲音！

我們的熱氣球逐漸遠離那片不祥之地，這時我們才明白一個可怕的事實：魔法師仍然在計劃下一個驚天陰謀……

阿麗娜女皇推測：「霍都斯一定是要建立自己的新地盤：一個新的邪惡王國！」

真令我毛骨悚然！

儘管此次夢想帝國轉危為安，但邪惡的勢力依然在暗處虎視眈眈！！！

熱氣球繼續在高空飛行，我們耳邊呼嘯的風越颳越猛……

熱氣球開始旋轉、旋轉、旋轉，我的腦袋也開始
旋轉、旋轉、旋轉……直到我……**暈了過去**！

快看！

新的歷險！

當我醒來時，我發現自己……置身於妙鼠城的舊貨市場，躺在一堆破爛的物品上面。

現在我想起來了！在我進入夢想國前，我在試圖追回我的**小火車**……

多愁正在我耳邊低語，試圖安慰我：「親愛的，很遺憾地告訴你：你的小火車已經賣掉了。不過我很樂意把我童年時代最喜愛的**玩具**送給你，來彌補你的損失。我肯定你會喜歡它。」

看着多愁送我這個用上多種顏色布料縫製的小**布偶**，我感動地說：「謝謝你，多愁！多美的蝙蝠……啊，鴨子……」

多愁惱火地朝我嚷嚷：「親愛的，難道你沒看到這是一隻**小老鼠**嗎？」

「當然！」我趕忙回答，一邊從多愁手中接過這個小老鼠布偶，儘管它長着三隻耳朵、一隻眼睛，腦門上長了一顆長尖角，背上有一對蝙蝠翅膀……它依然是我收到的最**可愛**的禮物！

那天夜晚，在我入睡前，我想起童年時代和我**朝夕相伴**的小火車，也許如今正陪着其他的小小老鼠展開新的歷險。

天知道呢！有時候，只需要一點**想像力**，我

送給你！

們就可以展開新的探險，帶上出乎所有人意料的伙伴們——一名身佩鐵鈎的船長，還有一名看似兇惡的女巫。

我將這次難忘的**歷險**故事，付諸於筆端，寫下你正在閱讀的這一本書。我希望你們會喜歡它。最激動鼠心的故事莫過於此：我們的旅行將仍繼續，並會持續很久、很久！

以我史提頓的名義發誓，

謝利連摩・史提頓！

答案

P.54-55
羅賓漢位於畫面右邊
書上的樹林裏。

P.114-115
沼澤谷地圖位於右方的
第二層書架上。

P.172
灰變龍就藏在這兒。

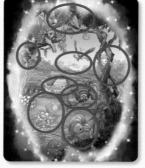

P.238-239
抵達迷宮出口的路線
如圖所示。

你們知道
古怪羊皮卷上
不能提及的詞語
是哪八個嗎？

請把它們相應的英文說法
寫在下一頁上！

古怪羊皮卷

如有人在沼澤谷境内
提到羊皮卷上
列出的任何正面、積極詞語……
就會被立刻化為無形人！

1) _ _ _ _ _ _ _ _ _ _ _ 〈P. 160〉

2) _ _ _ _ _ _ _ _ _ _ _ 〈P. 162〉

3) _ _ _ _ _ _ _ _ _ _ 〈P. 162〉

4) _ _ _ _ 〈P. 170〉

5) _ _ _ _ 〈P. 173〉

6) _ _ _ _ _ _ _ _ _ _ 〈P. 181〉

7) _ _ _ _ _ _ _ 〈P. 183〉

8) _ _ _ _ _ _ _

請把以上七個詞語的首字母拼出一個詞語，你就能找出羊皮卷上的第八個詞語了！

奇鼠歷險記 14

巨灰魔的詛咒

I CUSTODI DEL REGNO DELLA FANTASIA

作　　　者：Geronimo Stilton　謝利連摩・史提頓
譯　　　者：林曉容
責任編輯：胡頌茵
中文版封面設計：李成宇
中文版內文設計：劉蔚　羅益珠
出　　　版：新雅文化事業有限公司
　　　　　　香港英皇道499號北角工業大廈18樓
　　　　　　電話：　(852) 2138 7998
　　　　　　傳真：　(852) 2597 4003
　　　　　　網址：http://www.sunya.com.hk
　　　　　　電郵：marketing@sunya.com.hk
發　　　行：香港聯合書刊物流有限公司
　　　　　　香港荃灣德士古道220-248號荃灣工業中心16樓
　　　　　　電話：　(852) 2150 2100　　傳真：　(852) 2407 3062
　　　　　　電郵：info@suplogistics.com.hk
印　　　刷：C & C Offset Printing Co., Ltd.
　　　　　　香港新界大埔汀麗路36號
版　　　次：二〇二一年六月初版

Cover By: Silvia Bigolin
Art Director: Iacopo Bruno
Graphic Designer: Pietro Piscitelli / theWorldofDOT
Story Illustrations: Danilo Barozzi, Ivan Bigarella, Silvia Bigolin, Carla Debernardi, Danilo Loizedda, Alessandro Muscillo and Christian Aliprandi
Graphics: Marta Lorini
Art Direction: Lara Martinelli
Artistic assistance: Andrea Alba Benelle

奇鼠歷險記

與謝利連摩一起展開
視覺及嗅覺並重的冒險之旅！

這是一套獨有多種氣味及用上魔法墨水隱藏
秘密的歷險故事書。

翻開本系列書，你會聞到各種香味
或臭味……還可能會有魔法墨
水把秘密隱藏起
來！現在就和謝
利連摩一起經歷
既驚險又神奇的
旅程吧！

① 漫遊夢想國

② 追尋幸福之旅

③ 尋找失蹤的皇后

④ 龍族的騎士

⑤ 仙女歌雅不見了

③ 深海水晶騎士

⑦ 追尋夢想國珍寶

⑧ 女巫的時間魔咒

⑨ 水晶宮的魔法寶物

⑩ 勇戰飛天海盜

⑪ 光明守護者傳說

⑫ 巨龍潭傳說

⑬ 水晶宮保衛戰

⑭ 巨灰魔的詛咒

勇士回歸（大長篇1）

失落的魔戒（大長篇2）

① 公爵千金失蹤案

公爵千金失蹤了！黑尾鼠公爵一家在案發現場完全找不着任何強行闖入的痕跡，大家都茫無頭緒，急忙向福爾摩鼠求助⋯⋯謝利連摩化身神探助手，與福爾摩鼠一起到公爵府進行調查，到底犯人是如何在守衛森嚴的貴族大宅裏，不動聲色地擄去公爵千金的呢？

刑偵三部曲

①案件：交代案件背景

②調查：找出案件線索和證據

③結案：分析揭曉罪魁禍首

一起破解各種離奇案件！

各大書店有售！　　**定價：$68/ 冊**

老鼠記者 Geronimo Stilton

全球銷量突破 **1.75億**冊
本港暢銷超過**15**年

最新出版

⑨⑨ 荒島求生大考驗

⑨⑧ 復活島尋寶記

⑨⑦ 聖誕精靈總動員

⑨⑥ 守護幸福山林

與**老鼠記者**一起
歷奇探險走天下！

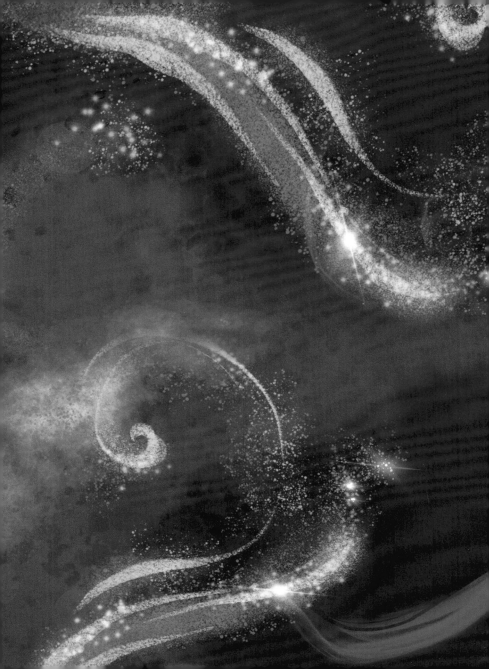